Über dieses Buch

Schon der Titel verrät, was den Leser hier erwartet: eine jener herrlich schauerlichen, gänsehauterregenden Kopfkissen- und Kaminabend-Lektüren.
Der Autor erwarb sich mit diesem Titel in Amerika neue Freunde zu denen hinzu, die ihn ohnehin schon als Science-Fiction-Autor zu schätzen wußten. Der bemerkenswerte Held dieses Thrillers empfindet von Zeit zu Zeit Appetit auf etwas, was schon Graf Dracula dereinst reizvoll erschien. George, als Kind unserer Tage, allerdings landet bald auf der Couch eines Psychiaters ...

Theodore Sturgeon

Blutige Küsse

Horror-Roman

Fischer
Taschenbuch
Verlag

Deutsche Erstausgabe
Fischer Taschenbuch Verlag
Februar 1975
Umschlagentwurf: Endrikat + Wenn
Titel der amerikanischen Originalausgabe:
›Some of Your Blood‹
Ins Deutsche übertragen von Marianne Peschel
Fischer Taschenbuch Verlag GmbH, Frankfurt am Main

Gesamtherstellung: Hanseatische Druckanstalt GmbH, Hamburg
Printed in Germany
ISBN 3 436 01932 1

. . . . aber zuerst noch ein Wort:
Sie kennen den Weg. Sie haben den Schlüssel. Und es ist Ihr gutes Recht.
Gehen Sie zu Dr. Philip Outerbridges Heim. Gehen Sie weiter, hinein – Sie haben den Schlüssel. Steigen Sie die Stufen hinauf, gehen Sie bis zum Ende des Korridors und wenden Sie sich nach links. Da ist Dr. Phils Arbeitszimmer, und es ist wirklich sehr gemütlich und gut ausgestattet. Bücher, Couch, Bücher, Schreibtisch, Lampe, Bücher, Bücher. Gehen Sie zum Schreibtisch – setzen Sie sich; es ist schon in Ordnung. Öffnen Sie die rechte untere Schublade. Eine dieser tiefen, doppelten Schubladen. Sie ist verschlossen? Aber Sie haben doch den Schlüssel – tun Sie's nur.
Ziehen Sie sie auf – noch weiter. Ganz heraus. Genau so. Sehen Sie all diese Aktenordner, eine kompakte Masse? Bemerken Sie, wie sie alle durch eine Art Gestell zusammengehalten werden? Nun, heben Sie's heraus. (Sie stehen besser auf; es ist schwer.) Da.
Drunter, flachgedrückt, liegt ein halbes Dutzend Aktendeckel – einfache, gewöhnliche Aktenordner. Vielleicht liegen sie dort, um das Hauptgestell auf ein höheres Niveau zu bringen, nun, das tun sie ganz sicher auch. Vielleicht aber liegen sie auch dort, weil sie dort versteckt wurden, verborgen. Beides könnte wahr sein. Und vielleicht liegen sie dort, weil sie wertvoll sind, jetzt oder später. Wert ist Geld, Wert ist Wissen, Wert ist Unterhaltung . . . Gefühl, Nostalgie. Fügen Sie dieses Vielleicht zu den anderen. Es stört sie nicht. Und behalten Sie im Gedächtnis, daß auf jeden dieser sechs Aktendeckel eines oder alle diese Dinge zutreffen könnten. Schauen Sie sich einen an. Den zweiten von oben. Sie werden bemerken, daß er, wie die anderen, mit Dr. Outerbridges Namen beschrieben ist und, in großen roten Druckbuchstaben, mit PERSÖNLICH – VERTRAULICH – PRIVAT. Machen Sie nur weiter, nehmen Sie ihn heraus, stellen Sie das Gestell wieder hinein, schließen Sie die Schublade, knipsen Sie die Lampe an, machen Sie sich's bequem. Lesen Sie die Papiere in diesem Ordner durch.
Aber lassen Sie zuerst Ihre Hände auf der glatten cremegelben Pappe ruhen und schließen Sie Ihre Augen, denken Sie über diesen Ordner nach, auf dem VERTRAULICH steht und der in

einer verschlossenen Schublade verborgen war. Stellen Sie sich vor, wie er vor ein paar Jahren gefüllt wurde, als Dr. Phil noch ein junger Stabspsychologe an einem großen Militärkrankenhaus für Neuropsychiatrie war. Zufällig fehlten ihm damals zwei Monate zum erforderlichen Alter für das Offizierspatent, also wurde er als Feldwebel eingestuft. Und doch hatte er sich seit seinem Anfangssemester am College in psychologischer Diagnostik und Behandlung an einer berühmten Universitätsklinik ausbilden lassen, dort als Praktikant gearbeitet und über klinische Psychologie promoviert.

Es war Krieg oder etwas sehr Ähnliches. Das Krankenhaus war überschwemmt, erschüttert, überflutet. Die Belegschaft hatte so viele neue Tricks zu lernen, so viel zu improvisieren, zu so unheiliger Zeit zu arbeiten wie jene in den anderen Einrichtungen, die mit dem Hin und Her des Krieges zu tun hatten, seien sie nun Schiffsbauer oder Professoren für baltische Sprachen. Und einige der Belegschaft waren – wie überall einige Schiffsbauer und Lehrer – durch zu viele Stunden, zu wenig Hilfe, zu wenig Erleichterungen und zu viel Tradition belastet und empfanden doch den steten, aufreibenden, alles überwiegenden Zwang zur Qualitätsarbeit als größte Last. Einige Männer in den Panzerfabriken paßten jeden Bolzen wirklich richtig ein, einige Schweißer machten sich wirklich Mühe bei ihren Nahtstellen. Es gab auch einige Ärzte, die nie aufhörten, sich um ihre Fälle wirklich zu kümmern, gleich ob es Routinefälle oder solche von Interesse waren, gleich sogar, ob die ganze Welt plötzlich zum Feind wurde und zurückschlug, sagte hör auf, sagte verschwinde, es kommt nicht darauf an.

So liegt vielleicht der Wert dieser Ordner und ihre Verborgenheit in ihrer Eigenschaft, an etwas zu erinnern. Öffnen Sie einen, beleben Sie ihn wieder. Sagen Sie, hier war ein Triumph. Sagen Sie, hier ist eine Tragödie. Sagen Sie, hier ist ein schrecklicher Fehler geschehen, für den niemals Sühne erfolgen kann ... aber der, weil er gemacht wurde, nie wieder geschehen wird. Sagen Sie, hier ist der Fall, der mich tötete, obwohl ich nicht gestorben bin, aber wenn ich sterbe, werde ich daran sterben. Sagen Sie, hier war mein tiefer Einblick, meine Erleuchtung, eines Tages mein Buch und meine Unsterblichkeit. Sagen Sie, hier ist Versagen, ich glaube, es würde jedermanns Versagen sein; ich – ich bete zu Gott, daß ich nie entdecken werde, daß jemand anderes Erfolg haben könnte mit etwas, einem kleinen Etwas, das ich hätte tun müssen und nicht getan habe. Sagen Sie ... über jeden dieser

Ordner könnte etwas gesagt werden, geschützt einmal durch ein Schloß, dann wieder durch ein Versteck und zuletzt durch die Erklärung zur Privatsache.
Aber öffnen Sie jetzt Ihre Augen und schauen Sie sich den Ordner vor Ihnen an. Auf dem Karteienreiter an seinem Rand steht

"GEORGE SMITH"

Die Anführungsstriche sind mit Nachdruck und Sorgfalt aufgemalt, fast wie eine 66 und eine 99.
Fahren Sie fort.
Öffnen Sie ihn.
Sie kennen den Weg. Sie haben den Schlüssel. Und es ist Ihr Recht. Wüßten Sie gerne warum? Darum, weil Sie *Der Leser* sind, und dies ist Erfindung. O ja, wirklich, es ist Erfindung. Was Dr. Philip Outerbridge angeht – er ist auch Erfindung, und es wird ihm nichts ausmachen. Also fahren Sie fort – er wird nicht einen Ton zu Ihnen sagen. Sie sind in Sicherheit.
Wirklich, wirklich, es ist wirklich Erfindung . . .

Hier ist ein maschinegeschriebener Brief auf Papier, dem man Spuren davon ansieht, daß es oben an einem Lineal entlang abgerissen wurde, ganz als ob man einen Briefkopf entfernen wollte. Die Buchstaben PRIV. über dem Datum sind mit Tinte handgeschrieben, groß und klar.

Kriegslazarett, OK
Portland, Ore.: sonst bekannt unter –
Mannschaftsbüro PRIV.
Freudsville, Oregon 12. Jan.

Lieber Phil,
zu allererst schau Dir oben das PRIV. Zeichen an. Das gilt für den Bericht, und das gilt insgesamt. Falls und wenn Du es in Zukunft siehst, brauchst Du keine weitere Erklärung. Alles, was man durch Abkürzungen ersetzen und im Code schreiben kann, empfinde ich als Segen, besonders seit sie mir die Verwaltung dieses Irrenhauses übertragen haben, ohne mich von Dir Tollhäusler zu befreien. Du wirst die Grobheiten des Laien entschuldigen, lieber Doktor, glaub mir, sie tun mir gut.
Als gesondertes und höchst amtliches Paket wirst Du von mir Befehle auf dem Dienstweg an Dich finden, bezüglich einer Akte AX 544. Ich bin der Oberst und Du der Feldwebel. Ich gehöre zur Verwaltungsspitze und Du nur zur Belegschaft. Daher die Befehle. Auf der anderen Seite sind wir alte Freunde, und Du bist in Deinem Spezialgebiet mir sechs mal zig im Quadrat überlegen. Tatsache ist – in den Befehlen nicht erwähnt –, daß wir ein Aus geschossen haben, das man nicht mit einem ›hoppla, Verzeihung‹ entschuldigen kann. Dieser Soldat wurde aus einer Durchgangsstation in Übersee herausgefischt und hierher zurückverschifft, zusammen mit einem *Psychose, unklassifiziert*-Stempel und einer *gefährlich, gewalttätig*-Schablone durch einen matschköpfigen Major von der Sanitätstruppe. Es kann nur reine Rachsucht gewesen sein, die von der Tatsache herrührt, daß ihm der GI eins auf die Nase gegeben hat. Kriminell mag er sein – den Vorstellungen gemäß, die gerade aktuell sind –, aber geisteskrank ist er nicht. Mir scheint, daß er das Richtige tat, aber dem trüben Verständnis des Majors erschien es wohl geisteskrank, einen Offizier zu schlagen, und deshalb hat man ihn an Deine lachende Akademie geschickt, anstatt ihn ins Loch zu stecken.

Was die Sache kompliziert, ist, daß wir diesen Kerl verloren haben. Teils durch Unterbesetzung und Zu- und Abgang und totales Chaos hat man diesen GI bis jetzt drei Monate allein in der Gummizelle stecken lassen, ohne Diagnose oder Behandlung, und wenn er sich damals nicht als einer Deiner Pflegebefohlenen qualifiziert hätte, so täte er das heute verdammt sicher.
Wie es auch immer passierte, jetzt sieht es aus wie die schlimmste Sorte von Nachlässigkeit, um nicht zu sagen Ungerechtigkeit. Was also das »Diagnose und Behandlung« im offiziellen Befehl angeht, bitte, Phil, auf Knieen, hol diesen Mann da raus und aus der Armee, und zwar so, daß es keinen Bumerang, Prozeß oder Schlagzeilen geben wird. Und abgesehen von dem Verdienst für die Sache selbst, müssen wir diese nebensächlichen Fälle loswerden. Wir brauchen das Bett. *Ich* brauche das Bett oder werde es bald brauchen, wenn so etwas noch mal passiert.
Ich vertraue darauf, daß Du das sauber hinbekommst. Nicht nur eine vernünftige Diagnose, sondern auch eine vernünftig klingende. Und dann eine Entlassung wegen Krankheit. Seine Entschädigung, ob er sie jemals zu würdigen weiß oder nicht, könnte sein, daß sein Boxhieb auf die Person dieses schafsköpfigen Majors auf Kosten des Hauses geht.

Dein abwesender Hausherr
Al

PS: Um den Scherz auf die Spitze zu treiben: ich habe gerade die Nachricht erhalten, daß der oben erwähnte Major mit Namen Manson bei einem C-119 Absturz in Ausübung seiner Pflicht dahingeschieden ist. Das erfuhr ich als Antwort auf meine Anfrage nach irgendwelchen zusätzlichen Akten, die er über den betreffenden Patienten hätte haben können. Es gibt keinerlei Akten.

A. W.

Hier ist der Durchschlag eines Briefs.

Feldlazarett 2
Smithton Township, Kalifornien, auch genannt –
Bedpan Bureau* PRIV.
Reiks Ranch, Kal. 14. Jan.

Lieber Al,
Du stellst recht geschickte Diagnosen per Post. Du mußt die Methode studiert haben, bei der der Quacksalber Dir ein Zehn-

* zu deutsch etwa: Bettpfannen-Büro.

dollar-Kleenextuch zuschickt, Du wischst Dir damit übers Gesicht, schickst es zurück, und er erzählt Dir, daß Du Knieschleimbeutelentzündung hast. Ich habe heute eine halbe Stunde mit dem Knaben verbracht – Hand aufs Herz, Al, mehr konnte ich mir nicht abknapsen. Ich fand ihn im obersten Stockwerk ganz allein in einer Sicherheitszelle. Sehr höflich, sehr ruhig. Obwohl er nichts von sich aus tut, spricht er gut an. Ich zögerte nicht, ihm einige Hoffnung in Aussicht zu stellen – alles, was er will, ist *Raus*. Ich setzte die Idee in seinen Kopf, daß er das schaffen müßte, wenn er mit mir zusammenarbeitet. Er war erschütternd begierig, mich zufriedenzustellen. Zum ersten und wahrscheinlich einzigen Mal bin ich froh, daß ich kein Offizier bin. Er mag keine Offiziere. Und, wie Du sagtest, wenn wir jeden GI in eine Einzelzelle steckten, der so fühlt, müßten wir den gesamten Staat Kalifornien zwecks Quartierbeschaffung evakuieren.

Da ich bei diesem ersten Besuch überhaupt nichts bei mir hatte, um irgendwelche Tests zu machen – Zeit eingeschlossen, Gott verdamm Dich – schickte ich Gus nach einem Übungsheft und ein paar Kugelschreibern und beauftragte den Patienten, seine Lebensgeschichte zu schreiben, gerade wie sie ihm einfiel. Ich sagte ihm, daß es in der dritten Person besser gehen könnte. Das gibt ihm etwas zu tun, bis ich mich wieder mit ihm beschäftigen kann, was bald sein wird – noch bälder, wenn Du mir einen Antrag auf einen Dreißigstundentag bewilligst und einen Schlafverscheucher.

Dein erschöpfter Phil

Der dritte oder vierte Durchschlag einer getippten Abschrift.

Georges Bericht

Das erste Mal, daß man von George hörte, war in der großen Sammelstelle außerhalb Tokios, es gab so viel zu tun, daß man eine Menge Arbeit an Leute verteilte, die gewöhnlich nichts damit zu tun hatten. Was das übliche Armeebild ist, Tausende von Kerlen sitzen rum und warten, und ein paar Dutzend rackern sich ab. Eins davon war die Post. Die Post mußte auf militärische Angelegenheiten hin zensiert werden und – in diesem besonderen Krieg – lediglich nach gewissen speziellen militärischen Angelegenheiten. Alles andere ging niemanden etwas an, außer den, der den Brief geschrieben hatte.

Gleichviel, irgend so ein Leutnant, der es besser hätte wissen

müssen, also, er wußte es wirklich besser, aber er tat es trotzdem, nun, einer der Briefe, die er zensieren sollte, machte ihn sehr stutzig. Er nahm ihn mit zu einem Freund, der zufällig Major bei der Sanitätstruppe war, aber nicht nur einfach Arzt, sondern Psychiater. Er schaute sich den Brief an und sagte dem Leutnant, es wäre nicht seine Angelegenheit, sich darüber den Kopf zu zerbrechen, es wäre nichts Militärisches, was der Leutnant auch schon wußte. Das war nicht besonders gut, denn jetzt hatte der Major den Brief, und der beschäftigte ihn genauso, deshalb ließ er den Soldaten rufen, der den Brief geschrieben hatte.
Am nächsten Tag räumte der Major seinen Tisch auf, stand auf und öffnete die Tür zu dem kleinen Raum draußen, wo der Soldat wartete. Der Major hatte eine Akte in der Hand, der eine Menge Papiere angeheftet waren. Er sagte: »Kommen Sie herein, äh«, und schaute auf die Papiere, »äh, Smith.«
Der Soldat trat ein, und der Major schloß die Tür. Der Soldat hatte Haltung angenommen, schaute sich aber um, als er hörte, wie die Tür geschlossen wurde. Der Major schaute ihn noch nicht an, sondern ging an ihm vorbei, während er in die Papiere schaute, und sagte: »Ist gut, Gefreiter. Rühren Sie sich.« Und schien nicht so stur zu sein. Er setzte sich, legte die Papiere auf den Schreibtisch, richtete sie gerade vor sich aus, schließlich lehnte er sich in seinen glänzenden braunen Drehsessel zurück und schaute sich den Soldaten gründlich an.
Was er sah, war ein großer Kerl mit blondem Haar, rosa Haut und Schultern und einem Brustkorb, die den Anschein erweckten, als wäre das Hemd eine zweite Haut, so straff saß es. Er hatte stämmige Arme, stämmige Beine und ein verschlossenes Gesicht.
Bis jetzt hatte der Major dem Soldaten nicht gesagt, daß er den Brief hatte. Der Soldat wußte also nicht, warum er hier war.
Der Major sagte: »Der Kompanieschreiber erzählte mir, daß Sie so etwas wie ein Einzelgänger sind, Smith. Sind nicht viel in Gesellschaft zu sehen.«
Der Soldat sagte nur: »Ja, Sir.« Er ließ immer lieber den anderen das Reden besorgen, so weit er konnte.
»Was machen Sie denn so in Ihrer freien Zeit?«
»Ich wandre gern herum. Zuhause fische ich. Jage.«
Der Major sagte nichts dazu, so daß der Soldat fortfahren mußte: »Davon gibts hier nicht viel. Waschbären und Murmeltiere, meine ich. Hasen.«
Der Major schaute auf seine Papiere und sagte: »Das vermissen Sie wohl ganz schön?«

»Also ja, Sir, glaub schon.«
»Haben Sie ein Mädchen zuhause, George?« Der Major nannte ihn diesmal George.
»Aber sicher, ja, Sir.«
»Gehn wohl ab und zu mal in die Stadt, nicht wahr?«
George wußte schon, was er meinte, und er schüttelte nur seinen Kopf, nein.
Der Major nahm ein Papier auf und schaute, ob auf der anderen Seite auch noch etwas draufgeschrieben war, was nicht der Fall war. Es war blaues Papier, und zwei Zeilen waren draufgeschrieben. Erst da begann George darauf zu starren. Er starrte genauso drauf wie der Major, die ganze restliche Zeit lang, die er da war, aber von weiter weg. Der Major schien im Begriff zu sein, etwas über das Papier zu sagen, aber er sagte nichts. Er sagte: »Warum jagen Sie, George? Ich meine, was genau springt für Sie dabei heraus?«
Er wartete, während er auf das Papier schaute, und als er keine Antwort bekam, blickte er auf, in das Gesicht des Soldaten. Dann sagte er, richtig weich und langgezogen, »Heiii . . .« und stand auf. Er ging in die hintere Ecke des Zimmers, schnell, aber irgendwie seitwärts, während er das Gesicht des Soldaten die ganze Zeit beobachtete, nahm ein Glas herunter, füllte es aus dem Kühler, kam zurück und gab es dem Soldaten. Der Major sagte: »Hier, das trinken Sie besser.«
Das Gesicht des Soldaten war kalkweiß, voll von kleinen Schweißtropfen, und er zitterte und seine Augen waren halb geschlossen und das, was sie verschleiert nennen. Er nahm das Glas, aber er schien nicht zu wissen, daß er es nahm. Er trank nicht daraus, sondern hielt es nur vor sich. Er starrte nieder auf das Papier. Der Major schaute auch darauf, und das war, als die Explosion erfolgte.
Das Glas, es schien zu explodieren, aber das kam nur daher, daß der Soldat es zerquetschte. Das Nächste wäre, den Major anzuspringen, und der Major wußte das, denn er wurde genauso weiß wie der Soldat. Aber was den Major rettete, war die noch ausgestreckte Hand. Zuerst war es tropfendes Wasser, und dann war es tropfendes Blut. Das tropfende Blut war es, was den Major rettete, denn als George Smith es sah, vergaß er anscheinend, daß noch jemand oder noch etwas sonst vorhanden war. Langsam hob er die Hand vor sein Gesicht. Die Finger öffneten sich und blutige Glasscherben fielen heraus. Er schloß die Faust und hielt sie dicht vor sich und roch daran. Er öffnete sie, und von der äuße-

ren Handkante unter dem kleinen Finger tropfte das Blut, wo eine kleine Arterie zerschnitten war. George brachte seinen Mund an diese Stelle.
Der Major mußte einen Knopf oder so etwas unter seinem Schreibtisch gedrückt haben, denn die Tür flog ohne vorheriges Klopfen auf und zwei Militärpolizisten stürmten herein und griffen sich George. Nach einer Weile mußte der Major dazwischengehen und helfen, und dann zwei weitere Militärpolizisten, und die schafften es. Der Major hatte eine blutige Nase und einer der Militärpolizisten lag einfach auf dem Boden, ohne sich zu rühren. George hob seine Hand wieder an den Mund, schnaufte wie ein Bulle durch seine Nasenlöcher und beobachtete das Blut auf dem Gesicht des Majors.
»Eine Minute«, sagte der Major, als die MPs den Soldaten gerade hinausdrängen wollten, und sie hörten auf. Er schaute George Smith gerade in die Augen und sprach freundlich mit ihm. Er atmete schwer und blutete, aber er war wirklich freundlich. Er sagte: »Was wars, Gefreiter? Was habe ich gesagt?«
George schaute auf den Aktendeckel auf dem Schreibtisch, und dann schaute er den blutenden Major an, saugte an seiner blutenden Hand und sagte nicht ein Wort. Drei Monate lang sagte er kein einziges Wort, denn er glaubte, daß er schon viel zu viel gesagt hatte.
Sie packten den Aktendeckel ein und den Soldaten und sandten beide zurück in die Staaten.

Dieser George Smith war zu der Zeit dreiundzwanzig Jahre alt. Er kam aus Kentucky, tief aus den Bergen. Es waren Berge mit Wäldern, Berge mit Farmhäusern und dann und wann mit diesen kleinen Städtchen, die, weißt du, wie Haare um etwas wachsen, um Kreuzungen oder ein Loch im Boden wie eine Mine.
George kam aus einer Bergbaustadt. Seine Mutter und sein Vater kamen aus der Alten Welt. Sie heirateten hier auf dieser Seite des Globus'. Sein Vater arbeitete in Charleston, Südkarolina, als er die Mutter traf. Wahrscheinlich war der einzige Grund, warum er sie heiratete, der, daß sie das einzige Mädchen war, das er kannte, das mit ihm sprechen konnte. Sonst gab es sicher nichts von irgendeiner Bedeutung zwischen ihnen. Einsam. Leute sind allein, für sich, und dann verhaken sie sich ineinander, gehen fort und sind zusammen allein.

Als sie nach Kentucky gingen, damit er im Bergwerk arbeiten konnte, waren sie immer von den andern abgesondert, denn sie lernten nie sehr viel Englisch. Was immer es war, das er sich wünschte, Freunde oder einen Platz, wo er hingehörte, oder eine Mordsnummer zu sein, er versuchte es in der Flasche zu finden. Ungefähr das früheste Erlebnis, an das sich George erinnern konnte, war der Vater, der betrunken herumbrüllte, und die Mutter, die schrie, und manchmal schrie auch George. Das war nicht die Art Erinnerung, wo etwas Bestimmtes passiert, an das man sich dann erinnert. Das war kein spezielles eines Mal, sondern wie buntes Licht oder ein Geruch, in dem man die ganze Zeit lebt. Und hungrig. Praktisch die ganze Zeit hungrig. Hungrig auf den Vater warten, und manchmal kam er nicht und manchmal kam er spät, ein einziges Wort darüber und er fing an loszudreschen. Man fand heraus, daß man überhaupt keinen Hunger mehr hatte, wenn die Mutter schrie.

Aber zugleich war es schön. Wie die Wälder. Man konnte in den Wäldern spazierengehen und wissen, wo man war, zuerst ein Stück weg vom Haus, dann weiter weg, schließlich überall. Die Wälder im Regen, im Schnee; sogar wenn man hungrig war, konnten einen die Wälder nicht verletzen, wie man zuhause verletzt werden konnte. Man hätte sterben können in den Wäldern oder getötet werden, aber die Wälder tranken nicht, die schlugen nicht deiner Mutter ins Gesicht. Es geht einem immer gut, wenn man sich in die Wälder zurückziehen kann. Die Wälder sind sanft, könnte man sagen, die Städte sind rauh. Man kann in den sanften Wäldern auftanken und trinken, nicht aber in den Städten, bei Leuten, alle halb aufgeplatzt und stachlig. Außerdem weiß man in den Wäldern, woran man ist. Tiere, na, die bleiben nicht ewig verrückt. Du schlägst mit der Keule nach einem Kaninchen, verfehlst oder verletzt es und es entkommt, es wird deswegen nicht rasend werden. Vielleicht hat es etwas gelernt, vielleicht ist es vorsichtiger danach, ängstlicher, aber das ist alles. Aber wenn du einen Menschen schlägst, weißt du nie, was dabei herauskommt, von überhaupt nichts bis zu einem Jahr abbrummen im Knast. Außerdem, wenn ein Eichhörnchen sieht, wie du ein Eichhörnchen abstichst, macht das dem einen Dreck aus. Aber wenn ein Mensch sieht, wie du einen Menschen verwundest, sieh dich vor. Sogar noch Jahre später.

Als George alt genug war um zu laufen, war er alt genug, um in den Wäldern zu sein. Was auch passierte, sie waren da und warteten auf ihn. Seit seinem elften Lebensjahr gab es etwas genauso Gutes, sogar Besseres, denn die Schwester seines Vaters heiratete einen Mann, der eine Farm im südlichen Teil von Virginia besaß, und obwohl es ein weiter Weg dahin war, kam er doch ab und zu mal dorthin. Er fand Jahre später heraus, daß diese Farm im Vergleich mit anderen herzlich wenig darstellte, aber in jener Zeit schien es der Himmel auf Erden. Eine Zeitlang hatte er dort seinen festen Wohnsitz, aber das war später, als alle tot waren.

Das einzig wirklich Schlimme, das George jemals in den Wäldern erlebte, passierte, als er fünf Jahre alt war. Er hörte Stimmen, kroch einen Abhang hoch, schaute hinunter und sah, wie ein Junge es einem Mädchen gab. Es war nicht das erste Mal, daß er es sah, aber das hier war anders als das, was zu Hause geschah, denn das Mädchen schrie nicht. Woran er sich am besten erinnerte, waren die Knöchel des Mädchens, sie waren in der Luft, und jedesmal, wenn der Kerl zustieß, strampelten sie wie verrückt. George beobachtete das, ohne weiter darüber nachzudenken, als der andere Kerl – es waren zwei, die das Mädchen mit in die Wälder genommen hatten, und dieser hier lungerte herum und wartete – also dieser zweite Kerl baute sich hinter George auf und verdrosch ihn mit einem Knüppel. Es war kein sehr dicker Ast, schon lange abgestorben und verfault, oder George hätte es nicht überlebt, aber es tat ganz schön weh, und er hatte eine Menge Angst, als der Kerl hinter ihm herrannte und ihn acht- oder zehnmal schlug, bis George entkam, weil das Unterholz so dicht und er so klein war; es war, als ob man mit der Keule nach einem Kaninchen in einer Brombeerhecke schlägt, es geht einfach nicht.

Man sagt, daß solche Dinge das spätere Leben beeinflussen, aber George kümmerte das nicht weiter. Zumindestens wenn es ihn von den Wäldern abschrecken sollte, so zeigte es keine Folgen. Wenn er auch erst fünf Jahre alt war, so konnte er doch verstehen, daß es nicht die Wälder waren, die ihm das angetan hatten.

Nun, George mußte wie jeder andere zur Schule gehen, und da lernte er zum ersten Mal, andere Leute das Reden besorgen zu lassen, denn sie konnten das alle so mühelos. George konnte ganz gut sprechen, sein Vater brachte ihn dazu, zum Beispiel im Laden und so, aber lange Zeit lag ihm dieser Einwandererakzent auf der Zunge und versah jedes Wort, das herauskam, mit einem üblen Geruch und alle lachten. Natürlich konnte George nach einer Weile so gut Amerikanisch wie jeder andere, aber zu der Zeit nannte die ganze Stadt schon seinen Vater den Stadtsäufer, was er auch war, und jedesmal, wenn George seinen Mund öffnete, bestand die Gefahr, daß die Faust von irgendjemand darin landete. Außerdem spielten die anderen Kinder in der Stadt die ganze Zeit zusammen und besuchten sich gegenseitig zu Hause, aber niemand kam jemals zu George, denn das war wirklich der einzige Ort, wo sie sich vor dem Vater fürchteten. Und außerdem war die Mutter immer zu krank und zu müde. Sie hatte Arthritis, zuerst in den Händen. Es tat ihr weh, abzuwaschen und sauberzumachen, obwohl sie so viel wie möglich machte und George ihr half, wenn ihn niemand beobachtete. Aber eins wollte er nicht tun, nämlich Wäsche aufhängen, denn die Kinder hatten ihn einmal dabei beobachtet.

Das alles hätte schlimmer sein können, denn George wurde ja natürlich größer. Vierzehneinhalb Pfund wog er, als er geboren wurde; seine Mutter sagte immer, daß das ihre Arthritis verursacht hätte. Als er acht oder so war, wuchs er wirklich, und weil er zwei Jahre in der Schule hinterherhinkte, war er immer größer als die Kinder, mit denen er in einer Klasse zusammensaß. Mit zwölf Jahren war er ein Meter achtzig groß und wog achtzig Kilo.

Über das Jagen. Er war ungefähr sieben oder acht, als er anfing, darin in jeder Beziehung gut zu werden. Eine Steinschleuder war prima, aber man brauchte lange, um damit umgehen zu können. Manchmal konnte er einem Kaninchen eins drauf sengen. Man geht am frühen Morgen hinaus, wenn es noch dunkel ist, und ist am Rande eines Felds am Wald, wenn das erste Licht kommt. Man hat eine Keule, ungefähr sechzig Zentimeter lang und so dick wie ein Handgelenk, am besten ist grünes Ahorn- oder Hickoryholz, grün deswegen, weil es dann schwerer ist. Fichtenholz ist leichter abzuschneiden, aber davon kriegt man Harz an Hände und Kleider, und das kriegt man nicht mehr ab. Man stellt sich in dichtes Gebüsch, aber nah an den Rand, damit man den Arm frei schwingen kann. Man steht mit dem Arm nach hinten und die Keule liegt auf einer Astgabel, die das Gewicht wegnimmt, und man entscheidet sich, dazubleiben, ohne sich für eine hübsch lange Zeit zu bewegen. Schon bald fängt es an hell zu werden, und dann kommen die Kaninchen heraus, fressen den Klee und das Timotheusgras oder was sonst noch, springen herum, liegen platt auf dem Boden und reiben sich ihre Mägen auf dem nassen Gras und all das. Man wählt sich sein Kaninchen aus und entscheidet sich, daß man bei diesem bleibt. Ganz egal, wie dicht ein anderes herankommt, man läßt es sein. Schon bald wird dein Kaninchen genau dorthin kommen, wo du es haben willst, und egal, was es tut, herumrollen, mit den Pfoten in der Luft herumzappeln, niederkauern und mümmeln, um ein anderes Kaninchen herumschnüffeln oder was sonst noch, du läßt es sein. Aber wenn es ganz still hält, mit allen vieren auf dem Boden, das Kinn nach unten und hängenden Ohren – denn wenn die Ohren stehen, dann hält es Ausschau –, dann läßt du deine Keule fliegen. Du mußt sie an dem Baum etwas scheuern, wo sie draufliegt, weil das ein kleines Geräusch macht, gerade genug, daß es sich hoch auf die Hinterbeine setzt. Es bolzt aus dem Boden gerade wie eine Eins. Du reißt die Keule nach vorn und schleuderst sie sofort, nicht warten, du schleuderst sie flach und schnell, parallel zum Boden und nicht höher als die halbe Höhe seiner Ohren. Du schleuderst sie so, daß sie sich wie ein Flugzeugpropeller dreht (aber das Flugzeug müßte gerade hochfliegen), springst heraus und tauchst nach dem Kaninchen, sobald die Keule deine Hand verläßt. Nun, wenn die Keule genau trifft, haut sie ihm gerne glatt den Kopf weg. Wenn sie es aber erwischt, wenn es sich gerade rührt, oder wenn sie es an der Schulter trifft, betäubt sie es nur, und dann bist du besser gleich daneben, um es zu schnappen, denn es kann betäubt, wieder auf den Füßen und weg sein, bevor du blinzeln kannst. Wenn es betäubt ist, kannst du es schnappen und mit der linken Hand seine beiden Hinterpfoten packen und es hochheben. Wenn du das mit einem Karnickel machst, streckt es sich lang aus, wirft seinen Kopf zurück, und nun kannst du mit der rechten Handkante glatt dagegen hauen, das bricht seinen Hals. Es bewegt sich nie mehr. Blut läuft aus seiner Nase. Aber wenn du das mit einer Ratte machst, einem Murmeltier, einem Waschbären oder einem Eichhörnchen, werden die sich nicht strecken und den Kopf zurückwerfen, sondern ringeln sich stattdessen nach der anderen Seite und beißen dich. Ein Eichhörnchen kann dich neunmal beißen, bevor du autsch sagen kannst. Es hat große gelbe Zähne, die über zwei Zentimeter lang sind. Eine Ratte, die tot aussieht, kann dich noch erwischen, sogar wenn du sie am Schwanzende hältst, sie kann sich mit ihren Vorderpfoten am eignen Schwanz hochhangeln und dich verletzen, bevor du überhaupt auf den Gedanken kommst, sie loszulassen. Ein Eichhörnchen beißt glatt hinein und macht Löcher, so groß wie seine Zähne, aber eine Ratte hat eine Art aufzufetzen, daß das Loch immer viel größer ist als ihre Zähne, du kriegst nicht heraus, wie sie das macht. Eine betäubte Ratte mußt du am Schwanzende packen und deinen Fuß quer dazu draufstellen, so daß der Schwanz unter deinem Spann ist, und dann mußt du sie auf der anderen Seite vom Fuß nahe genug an den Schuh heranziehen.

Auf diese Weise hast du sie in der Klemme, wo sie nur ein bißchen herumfetzen kann, und du hast eine Hand frei, um sie mit der Keule zu erschlagen oder einen Stein aufzuheben oder dein Messer, oder sie mit dem Fuß zu zertreten. Bei einem Backenhörnchen, was sie drüben im Osten Afrikanisches Borstenhörnchen nennen, lohnt sich die Mühe nicht, sein Schwanz geht ab, wenn du es schnappst, also er geht nicht ab, aber die Haut geht ab, und es läuft weg und der Rest vom Schwanz schrumpft und fällt später ab. Ein Backenhörnchen kann fast schlimmer als eine Ratte beißen, und du glaubst einfach nicht, daß etwas von seiner Größe sein Maul dermaßen weit aufreißen kann und wenn du es einmal hast, was hast du davon? Es hat nicht mehr Saft als eine Backpflaume. Bei einem Skunk lohnt sich die Mühe nicht, obwohl sie leicht zu fangen sind, denn sie fürchten sich vor nichts. Alles was du bei einem Waschbären zu tun hast, ist ihn ganz einfach vom Boden hochzuheben. Für ein Murmeltier braucht man eine gute Keule, und dann tust du nichts anderes, als es damit zu schlagen und es festzuhalten, bis du sicher bist; wenn es jemals den Rücken gegen einen Baum oder Felsen bringen kann und noch nicht tot ist, dann denkst du, jemand hätte eine rotierende Kreissäge nach dir geworfen. George erlegte einmal einen Rotluchs mit einer Keule, aber nie wieder. Alle Katzen haben denselben Geschmack, du atmest durch die Nase aus und da ist ein Geruch wie Katzenpisse. Noch stundenlang. Du wirst's nicht glauben, aber Schlangen schmecken gut, vielleicht ein bißchen fischig, aber was ist schlimm an Fisch, das einzige dabei ist, daß er nicht warm ist. Vögel sind Zeitverschwendung, sie bestehen nur aus Federn, außer ein paar Gelegenheiten, wo George einen wilden Truthahn sah, aber er kam nie nahe genug heran, nicht mal für eine große Steinschleuder. Außer Enten. Enten sind prima.

Als George ein wenig älter wurde, zehn oder elf, wurde er gut im Fallenstellen. Er konnte nie eine Stahlfalle bezahlen, aber er wurde so gut mit Schlingen, daß er sie auch nicht brauchte. Er konnte Schlagfallen machen, groß genug, daß sie Dachse hielten, und das heißt schon etwas, denn ein Dachs kann sich geradewegs durch eine geteerte Straße graben, wenn er muß, es sei denn, dein Schlagfallenstein ist groß genug, ihn auf einen Schlag zu töten, aber dieser George war ein starker Junge. Die Schlagfalle ist nichts anderes als ein großer, flacher Steinbrocken, hochgekippt und gegen einen Stock gestützt. Manche Leute binden eine lange Schnur an den Stock und warten und beobachten den ganzen Tag, bis etwas an den Köder unter dem Steinbrocken geht, aber das ist etwas für Pfadfinder. George stützte den Stein gerne ab und schnitzte den Stock dann an einer Stelle fast durch und band die Schnur an die Kerbe. Die Schnur läuft zurück zum Stein, um einen Pflock, der in den Boden gerammt ist, und wieder zurück und daran bindet man den Köder. Ein Fuchs oder ein Waschbär wird gierig zupacken und zerren, der Stock bricht und runter kommt der Stein. Für Kaninchen ist eine Karotte der beste Köder, weil sie etwas aushält. Für Füchse oder sogar einen Dachs ist manchmal Kaninchenfleisch gut, aber nimm nie die Nieren oder du wirst dir irgendsoeine verdammte Katze einfangen.

Die schönste von allen ist die Viererfigur, und George konnte sie schneller machen, als man eine Gelbkiefer hinaufklettern kann. Alles was man tun muß, ist, einen guten jungen Hartholzschößling zu finden, Esche oder Hickory oder Birke, wenn's nicht anders geht. Man mißt die richtige Entfernung ab, dabei kommt's auf den Baum an, und gräbt ein Loch. Dann sucht man einen Ast, so dick wie ein Daumen, mit einer guten Gabel dran. Man schneidet ihn genau unter dem V durch und schneidet dann einen der beiden Äste weg, läßt aber einen Sporn zurück. Was man jetzt hat, ist ein buschiger Zweig mit so was wie einem Haken. Man dreht das genau anders rum und vergräbt den buschigen Teil, stampft es gut fest, legt schwere Steinbrocken auf das Loch und vielleicht einen Scheit oben drauf, dann guckt gerade der umgekehrte Haken aus der Erde. Man schneidet eine kleine Kerbe in das Ende des Hakens und schnitzt sich einen guten starken, auf beiden Seiten zugespitzten Pflock, der in die Kerbe paßt und rüber führt zur Spitze des Hakens. Es sieht aus wie die Ziffer 4.

Nun zieht man den Schößling mit einer Seite bis fast herunter, bindet ein Stück Schnur nahe an die Spitze und das andere Ende der Schnur an den auf beiden Seiten zugespitzten Pflock und setzt den Pflock in den Haken, damit man eine 4 hat. Richtig leicht läßt man den Baum hochgehen, bis der Pflock genau an dem Haken einrastet. Dann, an der Schnur über der Ziffer 4 ist ein anderes Stück Schnur gebunden und an die ist nichts anderes als lediglich eine alte dünne Gitarrensaite gebunden mit einem winzig kleinen Messingstöpsel auf einer Seite, der wie ein hohler Messinglauf aussieht. Man führt das andere Ende der Gitarrensaite da durch, um eine Schlinge zu machen. Man legt die Schlinge um den Köder und man bindet ihn mit einem kurzen Bindfaden an den zugespitzten Pflock in der Ziffer 4. Man verteilt feinen Dreck rundherum, bis die Schlinge vergraben ist und der Köderbindfaden, und dann geht man heim. Am Morgen hat man sich ein Karnickel oder ein Murmeltier gefangen, vielleicht sogar einen Fuchs oder einen Dachs. Weil zuerst, wenn er an dem Köder zerrt, zerrt er den Pflock heraus, der schnappt nach oben, der dünne Draht packt ihn und hängt ihn höher auf, als er sich's hätte träumen lassen. Aber vielleicht ist es auch nur ein verdammter Skunk oder nichts weiter als die abgerissene Pfote von einem Fuchs, aber meistens klappt es.

O dieser George, er jagte unheimlich gern. Aber er mochte nie etwas töten. Er konnte mit Leuten nichts anfangen, die Viecher töteten, nur um zu töten, wenn die Tiere nie jemand was taten. Niemand sollte etwas töten, was er nicht für irgendeinen Zweck braucht. Wie Rotwild. Einmal fand George ein Reh, das nach einem bösen Sturm von einem umgestürzten Baum flach an den Boden gepreßt war, und er arbeitete den ganzen Morgen und räumte alles beiseite, nur mit einer winzigen Axt und schleppte Stämme, bis er ihn hoch genug heben konnte, daß das Tier herauskonnte. Das Reh wäre fast gestorben vor Angst, aber George lachte nur und arbeitete weiter, bis er es losbekam. George tat nie Rotwild töten. Sie sind sowieso zu groß. Aber wenn George nicht jagte oder vielleicht fischte, lag er herum und dachte darüber nach. Das mochte er ganz besonders.

Die ganze Zeit, während er so jagte, und Schule war und all das, wurde es zuhause immer schlimmer. Die Mutter bekam schlimmere Arthritis, und schon bald putzte sie nicht mehr viel im Haus herum und konnte sogar fast nicht mehr kochen. Das machte den Vater verrückt und er wurde schlimmer als je zuvor. Manchmal war er die ganze Nacht weg und ging am Morgen betrunken zur Arbeit. Er war ein guter Arbeiter, stark, aber manchmal, wenn der Vorarbeiter etwas sagte, stritt er sich mit ihm und einmal schlug er ihn, aber nicht viel. So wurde er dann entlassen. Wenn er entlassen war, hob er sein Geld ab und ging auf eine wilde Sauftour, bis er alles ausgegeben hatte. Es war nicht so schlimm, wenn er dann wegblieb, aber wenn er nach Hause kam, war es fürchterlich. George und die Mutter versuchten immer, nicht etwas zu sagen, was ihn auf die Beine brachte, aber jedes Wort war dazu gut genug. Dann schlug er die Mutter, boxte sie genau ins Gesicht und das Blut kam und die Mutter schrie, aber sie schrie nie richtig laut, so schämte sie sich. Er hatte auch George immer vertrimmt, aber als George groß genug war, um wegzurennen, rannte er weg, sobald der Zirkus losging und meist sogar noch früher, sobald der Vater nach Hause kam. Er kam zurück, wenn der Vater eingeschlafen war. Denn wenn der Vater einmal eingeschlafen war, gab es keinerlei Ärger mehr, und wenn er aufwachte, schien er sich nie an etwas erinnern zu können. George rannte nie zu den Nachbarn, denn sie konnten mit keinem von ihnen etwas anfangen oder zu den Polypen, weil der Vater Polypen haßte und George nie daran dachte, daß da etwas nicht stimmen könnte. Wer sollte ihm auch etwas anderes erzählen? Er ging nur in die Wälder und lag oben in einem Baum oder jagte, wenn es Mondschein war, oder hing vielleicht draußen einfach nur so herum, bis es ruhig wurde, und dann spähte er durchs Fenster um zu sehen, ob er eingeschlafen war und wenn ers war, ging er hinein und ins Bett.

Und manchmal war er schon im Bett und sogar eingeschlafen, wenn der Vater heimkam und das waren die Male, wo er aufwachte, weil die Mutter weinte, zuerst: »Nicht, nicht, nicht jetzt, der Junge, der Junge!« und der Vater brummte, daß der Junge schlafen würde. George hielt dann seine Augen fest zusammengekniffen und lag still, wie in den Wäldern, wenn er auf Kaninchen wartete, und die Mutter stöhnte »nein, nein«, bis sie einen kleinen Schrei ausstieß und sagte »Meine Hände, o meine Hände«, denn er quetschte ihre Arthritis, bis sie nachgab. Er sagte immer, ihr ginge es in Wirklichkeit gar nicht schlecht, das wäre alles nur gespielt. Dann hörte sie auf, nein nein zu sagen, weinte aber weiter, bis er einschlief. Das war das Gute daran, danach schlief er sofort ein.

Als George dreizehn war, war er so groß wie ein Mann. Er war so groß wie sein Vater und vielleicht stärker, obwohl er das nicht zu wissen schien. Sein Vater war ein gelbköpfiger Mann mit einer Menge schlechter Zähne und seine Haut hing unter seinen Augen, wie kleine blutige Hängematten unter den Augäpfeln und seine Hosen saßen am besten, wenn er seinen Bauch über den Gürtel hängen ließ, also trug er sie immer richtig tief unten. Als George ein kleiner Junge war, versuchte er immer, seine Hosen so zu tragen, aber er hatte nie den Bauch dafür. Als er größer wurde, hörte er auf zu versuchen, irgendetwas wie sein Vater zu tun. Dann, als er dreizehn war, geschah etwas, das alles änderte.

Der Vater hatte eine ganze Zeitlang gearbeitet und für eine Weile gab es reichlich zu essen und George half, so viel er konnte beim Saubermachen und so weiter. Weil, wenn der Vater nach Hause kam und er war nüchtern und das Haus war überall sauber und das Essen auf dem Herd, war er vielleicht auch nicht wie ein freundlicher und lieber Ehemann wie im Film, aber immerhin kam er nach Hause, wusch ab, aß und saß in der Tür und schnitzte und ging zu Bett, ohne jemand anzubrüllen oder zu schlagen. Und ein- oder zweimal schaute er sich das an, was George gerade machte wie die Wand streichen oder das kaputte Verandageländer reparieren. Er schaute sich das an und sagte: »Also oh kee«, in seinem fremden Akzent. George hätte alles für ihn getan in dem Moment. Er konnte sich noch an das eine Mal erinnern, als er hereinkam und in der Küche schnüffelte und sagte: »Junge, das riescht guud!« und die Mutter saß einfach in ihrem Rollstuhl und weinte. Sie bekam den Rollstuhl von dem Pfarrer, der zu Besuch kam, ich vermute um zu sehen, ob ein Rollstuhl sie, George oder sogar den Vater dazu bringen könnte, ab und zu in die Kirche zu gehen, aber das taten sie nie, der Vater verbot es ihnen und fluchte einen Monat lang jedes Mal, wenn er den Rollstuhl sah, aber trotzdem ließ er sie ihn behalten.

Und wie die Dinge so standen, überschlugen sich natürlich George und die Mutter fast beim Versuch, alles schön zu machen, damit es so lange wie möglich dauerte, und damit der Vater froh war, zu so einem schönen Ort nach Hause zu kommen. An einem Abend sollte er auf dem Nachhauseweg am Laden haltmachen, denn sie hatten kaum noch Lebensmittel außer einem Kotelett und etwas Rübenkraut. Die Mutter stellte das weg für eine andere Gelegenheit und sie und George machten alles fertig für den Vater, wenn er mit den Lebensmitteln nach Hause käme und sie überlegten hin und her, was sie vorbereiten sollten, im Fall er das und jenes mitbrachte, so daß sie es richtig schnell fertig haben konnten, wie zum Beispiel wenn er ein Stück Fleisch mitbrachte, von dem sie einige Scheiben abschnitten und sie schnell mit der Tellerkante klopften, um die Steaks dann in der Pfanne zu braten, mit Zwiebeln, falls er welche brachte, oder falls er Rouladen brachte, würden sie sie nicht schmoren, sondern schnell in heißem Fett anbraten. George stand seiner Mutter immer sehr nahe, aber auf eine eigenartige Weise war er von ihr enttäuscht oder so ähnlich. Wie wenn sie Mitleid mit sich selbst bekam und weinte und ihm erzählte, wie sie die Arthritis bekam, weil sie ihn geboren hatte, und sie klopfte sich auf die magere Brust und sagte, wie angestrengt sie versuchte, ihn von ihrem eigenen Körper zu ernähren, aber sie konnte nicht, er war zu groß und sie war zu krank und wie sie wünschte, daß sie könnte. Es war, als ob sie ihn sein ganzes Leben von sich ernähren würde und was sie herausgab, es brachte sie um, es schwächte sie und machte sie krank, aber immer und immer wieder tat sie es. Für ihn. Und zur gleichen Zeit war es, als ob er etwas von ihr brauchte; er nahm, womit sie ihn fütterte, aber es war nie genug und es war nie das Richtige, was er wollte. Es ist sehr schwer, das zu erklären. Aber auf jeden Fall fühlte er, wie sie aus sich selbst heraus gab und gab und er brauchte immer etwas von ihr und lungerte um sie herum, um es zu bekommen, nur, was sie ihm die ganze Zeit gab, war nicht das, was er wollte. Das wurde manchmal so schlimm mit ihm, daß er jagen mußte. Dadurch fühlte er sich gewöhnlich besser.

Aber nun dieses eine Mal, als sie darauf warteten, daß der Vater nach Hause kam und die ganzen verschiedenen Sachen planten, die sie tun wollten, um etwas Schnelles und Gutes für ihn zu machen, wurde es später und später und sie redeten ein bißchen mehr, um es zu verdecken, und dann wurden sie still und warteten einfach. Sie saß in ihrem Rollstuhl und schaute auf ihre Hände, sie waren inzwischen ganz braun und knotig wie Zypressen. Und George saß in der Türöffnung und schaute den Trampelpfad entlang, der zur Straße hinunterführte, auf der der Vater kommen mußte. Und als es dunkel wurde, sagte die Mutter so fröhlich, wie sie nur konnte: »Ich weiß was. Schneid einfach dieses Kotelettstück in Scheiben und wir backen es wie Speck und machen Speckbrote, und wir können ein Stück davon mit dem Rübenkraut kochen und dann sind, glaube ich, auch noch ein paar Bohnen übrig. Ein ganzes Essen und wir können es ganz fertig machen.« Also stand George in seiner Türöffnung gleich auf, es wurde sowieso zu dunkel, um noch etwas sehen zu können, und er zündete die Kerosinlampe an, schürte die Glut auf und ging zum Tisch, wo das Messer und das Kotelettstück lagen, um es in Scheiben zu schneiden. Daher kam es auch, daß er das Messer hatte. Er holte es nicht und er hätte nie jemals daran gedacht, nur, es war eben in seiner Hand.

Herein kam der Vater und er war voll wie eine Strandhaubitze. Er schaute sich im ganzen Raum um und sagte: »Gott verfluch diesen Polack«, und das war alles, was wir wissen mußten, er hatte sich mit dem Vorarbeiter geprügelt und war entlassen worden. Er hatte sein Geld abgeholt und sich besoffen. Und die Mutter, sie konnte es einfach nicht mehr aushalten, sie stieß einen langen Wehlaut aus und warf ihre armen gekrümmten Hände empor und sagte, oh oh schon wieder, schon wieder, und er rannte quer durch das Zimmer und boxte sie so hart auf die Nase, daß man sie brechen hören konnte und das Blut schoß heraus, bevor er seine Hände wegnehmen konnte. Da warf George sauber durch das ganze Zimmer, er konnte sich hinterher nie daran erinnern, es wirklich getan zu haben, da warf er das Messer.

Also, es war so lange so ruhig da drin, man sollte es nicht glauben. Dann schälte sich der Vater aus dem Unterhemd, was alles war, was er trug, es war ein heißer Tag, und er schaute auf den Schnitt und wie das Blut da herauskam. Und die Mutter blutete durch ihre Hände und ihre Augen quollen über ihnen heraus, wie sie nach dem Vater schaute. Und der Vater schob George weg und holte das Geschirrtuch und klatschte kaltes Wasser auf seine Brust und wischte es mit dem Geschirrtuch weg und holte sein anderes Unterhemd von dem Haken über dem Bett und einen sauberen Lappen und hielt den Lappen gegen den Schnitt und zog das Hemd darüber und ging raus. Niemand hatte was gesagt seit seinem Gottverfluchten Polack.

Also, nichts war mehr so wie früher danach. Der Vater hatte noch Geld, als er wegging, und das vertrank er alles in derselben Nacht. Am nächsten Tag holte er sich George alleine und sprach mit ihm, er sagte, er hätte sich zuerst betrunken, weil er sich so wegen der Entlassung aufgeregt hätte und nachdem, was geschehen war, hätte er sich betrunken, weil es ihm so leid getan hätte. Es schien ihm eine Menge daran zu liegen, daß George das verstehen sollte, aber George verstand es nicht und zuckte nur mit den Schultern. Und er sagte nicht, daß es ihm leid täte, daß er das Messer geworfen hätte oder etwas anderes, und der Vater verlangte es nicht von ihm, um die Wahrheit zu sagen, er erwähnte das Messer oder etwas anderes nie mehr.

Aber er vergriff sich nie wieder an der Mutter. Er verbrachte die meiste Zeit einfach damit, in der Türöffnung zu sitzen und den Trampelpfad hinunter zu schauen. Nach ein oder zwei Tagen war das ganze Kotelettstück und das Rübenkraut aufgegessen und die Bohnen und ein Kanten Brot, aber immer noch saß der Vater in der Türöffnung und die Mutter in ihrem Rollstuhl mit nassen Tüchern vor der Nase. Niemand wollte etwas zu dem Vater sagen wegen Essenholen oder zur Arbeit gehen. George kam am dritten Tag von der Schule zurück und trug einen großen Beutel mit Lebensmitteln. Er ging direkt am Vater vorbei, trat ein und stellte den Beutel auf den Boden. Auf dem Teil des Beutels, den George an seine Brust gepreßt hatte, war mit schwarzem Fettstift groß *Morosch* aufgeschrieben, was der Name von einem Bürohengst im Grubenbüro war. George nahm schnell alles aus dem Beutel heraus und schob den Beutel in den Ofen, um ihn zu verbrennen.

Dann räumte er alles außer Sicht, ein Brathähnchen, zwei Pfund Gehacktes, ein altes Brot für Füllungen und ein frisches, zwei Liter Milch, frische Karotten, ein ganzes Pfund Butter, ein Glas Erdbeermarmelade, ein Pfund Kaffee und ein paar Bananen.
Die Mutter war wahrscheinlich zu krank, um etwas zu bemerken, mit ihren blau und schwarz angeschwollenen, geschlossenen Augen und ihrer dreimal so dicken Nase. Der Vater kam herein und schaute auf das Zeug, als George es außer Sicht räumte. »Wo hast'n das her?« wollte er wissen.
George drehte sich das eine Mal in seinem Leben um und schaute dem Vater gerade in die Augen. »Geklaut, vom Lieferwagen vom Acme-Laden.« Und das war die Wahrheit. Wenn der Vater brüllen sollte oder schlagen oder nichts sagen oder zum Mond fliegen, gerade jetzt war es George piepegal.
Der Vater stand eine lange Zeit ruhig da und dann brachte er ein komisches kleines Lächeln hervor. Er sagte: »Wirst's vielleicht noch zu was bringen, Junge.« Und weißt du, dadurch fühlte sich der Junge George besser als irgendwann in seinem ganzen Leben und das ist verrückt. Wenn es jemals einen Mann gab, wo er sich den Teufel drum scherte, was er dachte, dann war es der Vater. Aber als der Vater lächelte und das sagte, wurde ihm ganz heiß; im Spiegel über dem Waschbecken war er ganz rot und um seine Seele zu retten, konnte er es nicht lassen, auch zu lächeln.
Der Vater fing nach einer Weile wieder zu arbeiten an, als Belader am äußersten Ende der Schlackenhalde, wo sie nie einen Mann lange bei der Arbeit halten konnten, wer will in der Hölle sein, bevor er tot ist? aber der Vater konnte jederzeit dorthin zurückkehren. Und das Leben verlief ruhig, keine Sauferei mehr, nie mehr viel Herumreden, und die Schule vorbei, und die Mutter saß stiller und stiller da. Es war, als ob sie schon gegangen wäre, sie kämpfte nicht mehr gegen irgendwas oder ihn, oder schämte sich oder kümmerte sich um den Schmutz im Haus oder sonst etwas. Sie wurde dünn und leicht wie ein toter Waschbär, George konnte sie ohne weiteres zu dem Klosett draußen tragen und sie dort drin auf den Boden stellen, wo sie die Tür langsam schloß, und nach langer Zeit hörte er sie rufen, er ging hin, sie stand dort und er trug sie zurück zu ihrem Rollstuhl. George machte einen Bogen um das Saubermachen, wenn er daran dachte. Die ganze Zeit hatte er das Verlangen jetzt jagen zu gehen, aber er wurde stur innen und ging nicht, hing nur die ganze Zeit um sie herum. Nachdem die blauen Augen verschwunden waren und die Nase nur noch verbogen und nicht mehr geschwollen war, holten sie

die Bezirkspflegerin. Sie kam und schaute sich die Hände an, schnalzte mit der Zunge und sagte, sie hätte wirklich in das Krankenhaus drüben in Mountaindale gehen sollen, aber die Mutter sagte nein! richtig scharf, das erste, was sie seit langer Zeit sagte. Die Schwester nahm den Arm und rollte den Ärmel auf und sah ihn sich an, er war wie zwei geschälte Weidenstöcke, die man zusammengeklebt hat, sie versuchte den Arm leicht zu beugen und ihn wieder gerade zu biegen, es ging in beiden Fällen nur ein kleines bißchen und die Mutter rang irgendwie nach Luft und biß sich auf die Zunge. Da zuckte die Schwester wieder mit den Schultern und ließ ihr ein paar Pillen da, die sie nehmen sollte, wenn sie Schmerzen hatte. Die Mutter starb ungefähr vier Monate, nachdem er ihr auf die Nase geschlagen hatte. Der Vater war zur Arbeit an dem Tag, aber George hatte nichts anderes zu tun als herumzulungern, und als der Wagen für sie kam, wollte er drinnen mitfahren, und als sie ihn nicht ließen, rannte er den ganzen Weg hinterher bis zur Leichenhalle und lungerte dort herum, bis sie ihn wegjagten. In der Nacht wartete er, bis alle gegangen waren und schlich dann zur Rückseite und brach ein und sagte ihr aufwiedersehen auf seine eigene Art und Weise. Er schwor, daß sie auf die eine oder andere Art zusammenblieben, egal was. Am Morgen war er da und wartete und hing herum, bis sie mit ihr fertig waren und zum Friedhof gingen. Der Vater kam auch. Sie standen nebeneinander und beobachteten, wie das Grab zugeschüttet wurde und jemand sagte, sie sehen aus, als ob sie das nicht verstehen, und sie verstanden es wirklich nicht. Niemand weinte. Später ging der Vater zurück ins Bergwerk und George hätte eigentlich zur Schule gehen müssen, aber er ging jagen. Er fing nichts. Das war der schlechte Teil daran.

Das Leben ging weiter und George jagte die meiste Zeit, der Vater arbeitete und das Lustige dabei war, daß der Vater sich ein wenig besserte, jedenfalls was das Trinken anging. Er arbeitete regelmäßig und bekam einen Job im Schacht, wo er die Werkzeuge kontrollierte. Wenn er so weitermachte, würde er sich zum Schluß nach ganz unten hocharbeiten und zur Abwechslung einmal richtiges Geld verdienen. Aber das wollte er nicht oder jedenfalls versuchte er es nicht. Das Verrückte war, daß er zum ersten Mal, seit man sich erinnern konnte, etwas im Haus tat. Nicht viel, aber die ganze Zeit, wo seine Frau lebte, hatte er nie einen Besen in die Hand genommen, außer um jemand damit zu verhauen, oder seine Hände naßgemacht, außer um sie zu waschen. Jetzt, wo es sowieso niemandem mehr etwas ausmachte, kehrte er fast jeden Tag den Dreck und die Bierdosen raus in den Hof oder kratzte sogar die Schüsseln aus und spülte sie ab. Einmal sagte er zu George, er dachte, ein Garten, wo sie ein bißchen Mais und Rettiche und so Zeugs anbauen könnten, wäre doch was Schönes, nur er hätte keine Hacke, also klaute George eine für ihn aus der Straßenauslage vorm Mountain-Eisenwarengeschäft. Der Vater nahm sie und fluchte und fluchte, aber er schüttelte den Kopf und grinste, er mußte gewußt haben, daß George sie geklaut hatte, wo sollte George Geld herbekommen? aber er fragte nie, er war nur froh und hackte wirklich ein Beet frei und George ging in den Acme-Laden und tat so, als würde er sich die Samenbildchen anschauen und klaute acht Päckchen mit Samen, Mais, Melonen, Sonnenblumen und ein paar rote Pfefferschoten und der Vater pflanzte sie alle.

Einmal in der Nacht, kam George von dem alten Steinbruch auf der anderen Seite der Stadt, wo es ein paar riesige Frösche gab, nach Hause und genau in der Stadtmitte kam jemand aus einem Seitengäßchen heraus und grabschte seinen Arm. Er schlug ihn fast nieder, aber er sah, daß es der Vater war. Der Vater ging mit ihm weiter und erzählte etwas über – wir müssen doch nicht wie die Schweine nicht leben –, wenn er nicht sein ganzes Geld für Lebensmittel ausgeben müßte, hätte er noch was übrig für vielleicht einen Läufer für den Boden und ein paar mehr Schüsseln und eine größere, wo er sie darin abwaschen könnte, und eine andere Lampe und ein bißchen Farbe und sonstwas. Als sie die Ecke erreichten, drehte der Vater George um und sie gingen zurück, der Vater grummelte immer noch weiter darüber, und als sie zu dem Hintergäßchen kamen, schaute er auf und zurück und rundherum und zog dann George schnell in das Gäßchen. Sie gingen halb hinunter, es war richtig dunkel, und der Vater nahm George am Handgelenk und zog seine Hand hinunter, wo sie eine von diesen schrägen Kellertüren berührte, die an der Seite von einigen Gebäuden herausstehen. Der Vater zog sie hoch und sie ging ein Stückchen auf. George sah, daß sie nicht verschlossen war. Der Vater ließ sie wieder leise hinunter und ging weg und ließ George in der Dunkelheit dort stehen. Nach einer Weile versuchte es George selbst, öffnete sie und ging die Stufen hinunter. Drunten konnte er nichts sehen, aber er konnte das Mehl riechen und die Trockenpflaumen und das ganze andere Zeug dort, es war der Keller vom Acme-Laden.

Am nächsten Tag besorgte er sich Streichhölzer und dann in

der Nacht kehrte er an die Stelle zurück und stopfte seine Taschen voll mit zwei Dosen Milch und einem Dosenöffner und ein paar Talgkerzen und als bestes von allem eine Spielzeugtaschenlampe und die passenden Batterien, ein winzig kleines Ding, aber alles, was er da unten brauchte. Danach ging er fast jede Nacht hin und brachte Zeug nach Hause, aber er war klug, wenn er was nahm, nahm er's von offnen Kartons und ließ nie irgendwas liegen wie zum Beispiel Verpackungen oder abgebrannte Streichhölzer. Er paßte immer auf, saß unter der Kellertür und lauschte, so wie er es in den Wäldern getan hatte. Der Vater sagte nie kein Wort, während er das Haus langsam auffüllte, alle Schränke und unter dem Waschbecken, mit Dosen, Pfannkuchenfertigteig, Reis, Linsen und all so was. Es wurde nicht viel geredet zwischen ihm und dem Vater, aber es stand besser zwischen ihnen als je zuvor, und tatsächlich ging der Vater eines Tages so weit, ein bißchen Geld für einen kleinen Teppich für die Fußbodenmitte auszugeben und für ein paar Schüsseln von der billigsten Sorte.

Nun, dann fand er heraus, daß der Fleischmarkt auch eine Seitenkellertür hatte, nur war sie verschlossen. Er trieb sich ein paar Tage in der Stadt herum, bis der Lieferwagen kam und er half dem Mann, Kästen mit Speck, fünfundvierzig Kilogramm Rindfleisch und vier Schweinehälften abzuladen, und als er den dritten Gang die Stufen rauf und runter machte, sah er, wo er das Schnappschloß mit einem Stück Karton blockieren und offenlassen konnte, was er auch tat. In dieser Nacht ging er hinunter in den Keller und hinauf in den Fleischmarkt, schaute sorgfältig die Straßen draußen hinauf und hinunter, kehrte um und öffnete den Kühlraum. Als er die Tür öffnete, ging ein großes helles Licht an und erschreckte ihn so sehr, daß er hineinschlüpfte und die Tür hinter sich zuschlug, damit man es nicht sah. Sobald er die Tür geschlossen hatte, ging das Licht aus, und als er sich zur Tür umdrehte, konnte er keinen Griff finden, um sie aufzumachen. Wenn es ein Samstag gewesen wäre, wäre er ganz sicher am Montagmorgen tot gewesen. Wie es lief, war er lebendig, aber brettsteif, als sie am nächsten Morgen aufmachten und das Blöde dabei war, daß sich die Tür mit einem Fußpedal neben der Tür öffnen ließ, damit der Metzger mit vollen Händen herauskommen konnte, aber wie sollte das ein Kerl in der pechschwarzen Finsternis merken, wenn er seine Taschenlampe vergessen hatte?

Sie steckten ihn ins Loch und ließen ihn auftauen und ein paar Tage später verurteilte ihn Richter Manorora zu zwei Jahren, wegen Einbruch, Hausfriedensbruch und versuchtem Diebstahl.

Der Vater war da und sah aus wie damals bei der Beerdigung, als ob er nicht verstand, was da vor sich ging. Es gab Gewispere, Auf-George-Zeigen und Köpfeschütteln zwischen dem Richter und dem Pfarrer, der der Mutter den Rollstuhl gegeben hatte, und der Bezirkspflegerin, die auch auftauchte. Der Vater saß einfach da, wahrscheinlich verstand er nicht ein Zehntel von dem, was gesagt wurde. George sagte ebenfalls keinen Ton, weil er sich einfach irgendwie nicht mehr drum kümmerte, was geschah, nachdem er aufgetaut war. Also, alles in allem waren die zwei Jahre gar keine so harte Strafe, weil es eine Art Waisenhaus war anstatt von einem Kittchen. Keiner fand irgendwas raus über das Zeug vom Acme-Laden.

Also das eine, worüber George lachen wollte, aber er war so überrascht darüber, daß er nicht lachen konnte, war, daß das eine Gebäude, wo sie ihn zuerst hineinsteckten, Gitter vor den Fenstern hatte und keine Türgriffe, nur Schlüssellöcher und eine Betonmauer drumrum mit fünf Reihen Stacheldraht oben und nach innen abgeknickt und Wachttürme an den Ecken und ein kleines Tor an der Vorderseite mit keinem Griff, nur Schlüssellöchern, und ein großes Tor an der Rückseite für die Lastwagen, es war eine Doppelanlage, daß der Lastwagen durch eins reinfahren konnte und eingeschlossen wurde, und dann machten sie das zweite Tor auf. Die ganze Zeit, die er da war, schlossen sie nie beide auf einmal, und er sah nie jemand oben in den kleinen Ecktürmen, aber was komisch war, war die Idee, daß irgendjemand von so einem Ort weglaufen wollte.

Jeder hatte sein eigenes Bett mit einem sauberen Bettuch und einer sauberen Decke und zwei Fächer und einen Schrank mit einem braunen Vorhang statt einer Tür, wo er seine Sachen hineintun konnte. Zwischen jedem Bett war eine Brettertrennwand, so daß es, außer daß es offen war an der Seite gegenüber dem Fenster, wenn man einmal drinnen war, wie ein kleines Zimmer war, nur für dich.

Zwischen zwei Betten, draußen in dem langen Gang, wo das offene Ende war, war ein kleines Waschbecken, ganz im Ernst, immer eins für zwei Betten, mit kaltem Wasser und sogar mit warmem. Für immer vier Betten war eine Toilette auf der anderen Seite des Flurs und ein Pissoir, und wenn auch keine Tür davor war, wer brauchte das schon? In der Nacht bewachten ein Wäch-

ter und zwei Kalfakter jeden Gang in jedem Stock, sechs Gänge insgesamt. Sie hatten weiche Gummischuhe an, aber man konnte sie trotzdem kommen hören.
Als erstes gehen am Morgen große helle Lichter an. Jeder springt auf, zieht die Hosen an und kommt jammernd heraus, um sich das Gesicht zu waschen, die Zähne zu putzen und zum Lokus zu gehen. Die Wächter und die Kalfakter stiefeln den Gang hinunter mit Block und Bleistift in der Hand, um deine Nummer aufzuschreiben, wenn du rumtrödelst, dich vorm Zähneputzen drückst oder vergißt, dir wieder die Hände zu waschen, wenn du vom Topf kommst. Runter mußte man zwei und zwei gehen, kein Rennen, kein Drängeln, und da war so was wie ein verdammt großes Restaurant, aber nicht zum Bezahlen. Man ging zu seinem Sitz und stand da, bis die Aufseherin, eine dicke Frau, das Gebet sagte, und senkte seinen Kopf, und wenn sie fertig war, setzte man sich und die Kalfakter brachten große Platten mit Rühreiern und ganze Eimer voll heißen Kakao, um sie in deinen Blechbecher zu schöpfen. Stacheldraht? George dachte, er mußte geradezu dazu da sein, um die Leute draußen zu halten, nicht drinnen. Vielleicht wurde man die trockenen Eier, denn das waren sie wirklich, nach wenigen Monaten über, aber wie viele Male war er zur Schule oder in die Wälder gegangen mit überhaupt keinem Frühstück, wenn der Vater besoffen herumlag und die Mutter krank war und weinte.
Unten bei dem Restaurantdings – sie konnten darin auch Filme zeigen und Kirche und so weiter – war auch ein Friseurladen und eine Erste-Hilfe-Station wie ein Krankenhaus mit zwei Zimmern und eine ganze Reihe, was sie Sprezis nannten, was die Sprechzimmer waren, wenn jemand mit einem Jungen privat reden wollte wie ein Arzt, der Pfarrer oder eine Mutter oder jemand anderes Fremdes, und die Küchen und eine Reihe von Büros. Das war das eine Gebäude, drei Stockwerke hoch, mit einem Zaun drumrum. Da kam man zuerst hin. Nach einer Weile, wenn sie sich ausrechneten, daß man sich da auskannte, schickten sie einen in ein anderes Haus, das hatte nur zwei Stockwerke und keinen Zaun. Sie hatten fünf wie das da, alle gleich. Da waren keine Büros drin, nur'n paar Sprezis und eine Erste-Hilfe-Station mit einem Zimmer. In jedem hatten sie eines der Sprezis in eine Bibliothek umfunktioniert. Jedes Gebäude hatte ein richiges Klavier und seine eigene Baseballmannschaft und all das, mit Ausscheidungskämpfen jedes Jahr. Jeden Tag war Schule von acht bis zwölf und dann Mittagessen und dann Schule von zwei

bis vier. Jeden Tag mußte das halbe Gebäude auf den Feldern arbeiten, von halb fünf bis Sonnenuntergang oder sechs Uhr im Winter. Und wenn Sie wissen wollen, wie sie's fertigbrachten, daß es keine Drückeberger gab: jedes Haus hatte sein eigenes Feld, und sie schrieben auf, wieviel Mais oder Tomaten oder sonstwas man erntete, und wenn man dran dachte, daß das Wettkämpfe waren, Mann, Sie hätten die Kerle Unkraut rupfen sehen sollen. Außerdem gab es Kurse in der Schreinerwerkstatt, Elektroabteilung, Bäckerei und über Blechverarbeitung.

Nun mußte jeder dort meckern, weil einen alles für blöde gehalten hätte, wenn man es nicht machte. Aber Furz gegen Furz gewettet, daß nicht einer von den hundert Kerlen, da wo er herkam, so gut lebte wie hier. Es war halt Mode zu meckern, das war alles. Auch soviel wie möglich darüber anzugeben, wie scharf man war und wo sind denn hier die Damen? George wünschte sich, er hätte fünf Cent für jedes zehntausendste Mal, das diese Knülche über Frauen sprachen, aber man mußte mitmachen. Und irgendjemand war immer in Schwierigkeiten, weil er nach den Bubis gegrabscht hatte, oder nach denen, die sie für Bubis hielten oder nach denen, von denen sie wünschten, daß es Bubis wären. Die meisten von ihnen hätten nicht mal gewußt, was sie tun sollten, wenn ein Bubi ja gesagt hätte, auch wenn sie wußten, daß sie nicht erwischt würden, was nicht der Fall war.

George war wirklich gern dort. Nicht, daß er das jemals gesagt hätte, jeder da hätte jeden massakriert, der das sagte. Vielleicht lags einfach an George. Erst einmal war er so groß, daß er nicht herumgestoßen wurde. Als weiteres, die ganze Zeit seines Lebens war er mit Jungs zusammengewesen, die aus seiner Stadt waren und die alles über ihn wußten. Sein betrunkener Vater und seine Mutter konnten nicht so gut Englisch sprechen, in der Schule blieb er zurück und alles. Hier hatte nie jemand etwas von ihm vorher gehört und alles, was sie wußten, war, daß er wegen Einbruch verknackt worden war, während die meisten von ihnen nichts anderes getan hatten, als daß ihre Eltern sie nicht wollten oder tot waren oder so etwas. Weiter, jeder trug dieselbe Art Kleidung und schlief in derselben Art Bett, womit sollten sie also angeben? Während bei sich zuhause das eine Kind ein Fahrrad hatte, das andere neue Schuhe und der Vater von dem nächsten war der Personalchef im Bergwerk. Weiter: die Schule. Jedes Kind, das gut in der Schule mitgekommen war, bevor es hierher kam, machte einfach dort weiter. Aber jedes Kind, das hinterherhinkte – besonders Jungens wie George, die wirklich hinterherhinkten, weil sie von einer Ecke in die nächste geschoben wurden und nicht, weil sie schon blöd geboren worden waren – also so ein Junge bekam Nachhilfe in den Sprezis und eine wirkliche Chance, um in der Schule aufzuholen. George war wirklich überrascht über dieses Ding mit der Schule, er hatte nicht gewußt, daß Schule so leicht war und außerdem interessant, er dachte, die Schule wäre was, wo man dich anbindet, damit du die meiste Zeit am Tag aus dem Weg bist, und um es den anderen noch leichter zu machen, dich zu erwischen, gleich was du tust. Hier zeigten sie ihm Sachen, die er wirklich nicht wußte und hätte wissen sollen, wie zum Beispiel, warum die Stämme, die er einmal benutzt hatte, einen schweren Baumstamm von dem Reh hochheben konnten, und auch Sachen, die er genau wie die Viererfalle brauchen konnte, wie man sechs Schaltknöpfe und vier Klingeln mit einander schaltet, daß die Knöpfe jeweils die Klingeln auslösen, die man braucht. Und wann man Brot kneten muß, wenn es von der Hefe hoch genug gegangen ist. Zuallerletzt warum George gern hier war, das hatte eine Menge damit zu tun, was George war und nichts und niemand sonst. George hielt seinen Mund. George hatte immer seinen Mund gehalten, seit er ein kleiner Junge war, zuerst weil er Angst hatte oder sich schämte, ihn aufzumachen, und später, weil es einfach zu viel Mühe machte, die Leute dazu zu bringen, richtig zu verstehen, und zuletzt, weil er es sich einfach abgewöhnt hatte. Die meisten Leute auf der Welt, die in Schwierigkeiten sind, sind Lügner. Das weiseste, was einmal jemand über das Lügen gesagt hat, war, daß es das Beste ist, die Wahrheit zu sagen, weil man sich nie daran erinnern muß, was man gesagt hat. Na, sogar noch besser als die Wahrheit sagen, ist den Mund zu halten. Wenn man lügt, versucht jemand dich dahin zu bringen, daß du es beweist. Wenn man angibt, sogar mit der Wahrheit, wird man dich aufrufen und du mußt dich verbessern. Wenn man überhaupt was sagt, ist es garantiert, daß jemand zuhört, der dich nicht versteht oder dir nicht richtig zuhört. Es würde jedem eine Menge Ärger sparen, wenn die Leute einfach weniger reden würden. Das sind Sachen, worüber George erst viel nachdachte, als er erwachsen war, und nicht damals schon, als er vierzehn war, aber das war die Art und Weise, wie er sich benahm, er hielt seinen Mund. Er hatte außerdem nie die Angewohnheit, sich jemand besonders anzuschließen, so konnte er sich immer sehr abseits halten. Die ganze Zeit über tat er das, was er sich ausgedacht hatte, das es gut für ihn sei. Er versuchte es nicht bei jemand anders und er sprach auch nicht darüber, daß es ihm vielleicht jemand ausreden konnte. Es gibt nämlich eine Menge Leute um einen herum, die gut reden können, aber nicht viel wissen, sie können eine Debatte darüber führen, ob man atmen soll.

Auf jeden Fall kann man viel mehr lernen, wenn man den Mund hält. Wenn man den Mund auf macht, verstopft man die Ohren. Bei manchen Sachen allerdings sollte man wissen, wie man sich die Ohren zustopft. Wenn George draußen allein gewesen wäre, hätte er nicht den ganzen Gesprächen über Vögeln und das ganze Zeugs zuhören müssen. Jeden Tag, jede Minute sprach jemand darüber. George hatte genug vom Vögeln gesehen, daß es ihm für eine ganze Weile reichte, er hatte es nicht mehr nötig, daran herumzurätseln, was nämlich die meisten von diesen Kerlen taten. Zur gleichen Zeit, als er an der Schule war, geschah es, daß er von einem Jungen zum Mann wurde und er fühlte es. Er fühlte es mehr, als er sollte, wegen all dem Gerede. Schließlich nahm er das Problem in Angriff und dachte es durch, während er nachts im Bett lag. Und es dauerte lange, bis er dieses Durchdenken beendet hatte, aber was er dabei herausbekam, war das:

Weil du deinen Saft abspritzen kannst, bist du doch lange nichts besonderes, denn jedes Kaninchen kann das.

Den Saft abspritzen macht vielleicht mehr Spaß als Kacken oder Pinkeln, aber wenn du der Sache auf den Grund gehst, ist es nicht so besonders, weil du dich nicht dazu zwingen mußt – du kannst einfach nicht anders, du wartest einfach lange genug und dann ist es nur natürlich, daß es losplatzt, zum Beispiel wenn du schläfst, dann kannst du es nicht halten, auch wenn du es wolltest. Früher oder später mußt du auf den Lokus, ob du es willst oder nicht. Also ist es nichts, woran man arbeiten muß oder worüber man sich Sorgen machen muß, worüber aber das ganze Gerede ging. Wenn die Spannung zunimmt und du nicht warten willst, werds einfach los. Gewöhnlich geht man auf den Lokus, bevor man wirklich gehen muß.

Aber das absolut Größte bei Sex ist etwas, was George immer irgendwie fühlte, aber erst viel später herausfand, als er erwachsen war. Er entdeckte, daß alles, was auf der ganzen Welt lebendig ist, immer Sachen aufnimmt und sie verarbeitet und dann auswirft, was es nicht brauchen kann. Egal was etwas Lebendiges tut, wofür es lebt, ist der Vorgang vom Aufnehmen. Das tut es zuerst und dann verarbeitet es das und dann wird es den Abfall los. Aufnehmen, das ist es, worum es geht und warum es lebt und auch wie es lebt. Egal wie schön das Gefühl ist, wieviel darüber geredet wird oder wieviel Gesetze erlassen werden, man kann dem einen nicht aus dem Weg gehen, daß Sex Teil zwei ist und nicht Teil eins. Er ist eins von den Sachen, die man zurückläßt, wenn man vorwärtsgeht. Von der Allgemeinen Naturwissenschaft in der Schule konnte sich George an eine Zeile im Buch erinnern, daß kein lebender Organismus in einer Umgebung von seinen eigenen Abfallprodukten existieren kann. Und als er darüber nachdachte und versuchte, Worte zu finden, an denen er es aufhängen konnte, fiel ihm das ein und es beendete das Thema ein für alle mal, daß der erste Teil, das Aufnehmen, dir BEFRIEDIGUNG gibt und der zweite Teil, das Auswerfen, gibt dir ERLEICHTERUNG. Es gibt eine Menge Leute in der Welt, die krank sind und außerdem verrückt, die diesen Unterschied nicht kennen. Sie laufen herum und suchen Erleichterung und sind verärgert, wenn es sie nicht befriedigt. Natürlich befriedigt es sie nicht, es kann gar nicht. Befriedigung liegt vor dir, ist alles was du brauchst, um dich am Leben zu halten, wenn du lebendig sein willst. Erleichterung bekommt man, wenn man das fallenläßt, was man nicht mehr braucht. Sie liegt hinter dir und wenn du zurückjagen willst, um sie aufzuheben, wundere dich nicht, wenn du ein bißchen verrückt aussiehst und selbst angestänkert wirst.

George absolvierte seine zwei Jahre Knast, arbeitete auf den Feldern und lernte ganz gut zu schreinern und zu backen. Was er wirklich mochte, war die Elektro-Werkstatt. Zur Zeit, als er von dort wegging, konnte er den Anker eines einfachen Elektromotors wickeln oder parallel schalten. Und er konnte richtig gut löten, nicht nur Draht, sondern auch Röhrendraht, was verdammt wenig noch können, aber es ist gut, das zu können und Metallblechlöten, überlappend oder anstoßend.

Auch in der Autowerkstatt und in Mathematik war er ziemlich gut. Zur Zeit, als er die Anstalt verließ, konnte er genug Geometrie, um ein Feld auszumessen oder einen Teppichfußboden, und genug Trigonometrie, um einen Winkel für eine Lastwagenrampe auszurechnen, und genug Algebra, daß es ihm für den Rest seines Lebens langte, er mochte es nicht oder Englisch. Er spielte nicht selbst Ball, aber er feuerte sein Haus beim Spiel durch Rufen gern an. Jede Beschäftigung, die er allein ausführen konnte, hatte er am liebsten. Er mochte es nicht, ein Ende zu halten, wenn jemand anderes das andere Ende hielt. Vom Physikteil der Allgemeinen Naturwissenschaft hatte er das Wort Resultante. Leg ein Gewicht hin und ein Seil drum und zieh am einen Ende nach Norden und ich ziehe am anderen Ende nach Westen, das Gewicht wird sich nicht nach Norden bewegen und es wird sich nicht nach Westen bewegen, sondern es wird sich in eine resultierende Richtung Nordwest bewegen. Wenn jetzt George nach Norden zog, wollte er auch, daß die Ladung nach Norden ging, nicht irgendwoanders hin. Was also andere Leute Zusammenarbeit nannten, nannte George Resultante und es machte ihn unruhig, bis er es allein machen konnte.

Fast zwei Jahre und kein Jagen und das war komisch, weil man, nachdem sie einen aus dem *Käfig* herausgelassen hatten – das war das große Gebäude mit dem Stacheldraht, wo sie einen zuerst hinsteckten – nicht mehr angebunden war. Man mußte da sein, wo und wann sie einen wollten und zwar die meiste Zeit, aber auf der anderen Seite der Felder, nach Süden zu, gab es Wälder und wenn man vielleicht einmal verdrücken wollte und jagen, konnte man das. George schien es einfach nicht zu wollen. Gut, sie hielten einen beschäftigt, und man hatte nie genug Zeit, alles zu tun, was sie von einem wollten. Jagen, er dachte einfach nie daran.

Aber dann genau am Ende vom zweiten Jahr riefen sie ihn ins Büro, und er sagte sich, also jetzt ists soweit, ich bin entlassen. Aber das war es nicht, was sie ihm sagen wollten. Sie sagten, es täte ihnen leid wegen der Nachricht, aber sein Vater wäre tot. Er stand einfach da im Büro und starrte sie an: Mrs. Dency, die fette Aufseherin und Miss Grasheim, die große häßliche Schwester, die aber nett war, und eine von den Stenotypistinnen, die, wie man sehen konnte, hereinplatzte, um zu sehen, ob sie ihn wegen Zerstörungswut oder sowas drankriegen konnte. Sie mußte ohne das auskommen, weil er einfach stehenblieb, blinzelte und versuchte, den Gedanken ganz in sich einsickern zu lassen, bis schließlich Mrs Dency sagte: »Ich sag dir was, George, ich ruf in deinem Haus an und sag ihnen, daß sie dich raufgehen lassen sollen. Vielleicht möchtest du dich hinlegen und eine Weile darüber nachdenken.« Was hundertprozentig genau das war, was er jetzt wollte. Was das Gute an dieser dicken Mrs Dency war, ungefähr in acht von zehn Fällen traf sie genau ins Schwarze, was man brauchte. Als er wegging, sagte sie zu ihm, daß er kommen und mit ihr sprechen könnte, wann immer er wollte. Als er in sein Gebäude kam, hatte sie schon angerufen, also ging er gleich hinauf, was während des Tags nicht erlaubt war, und fiel auf sein Bett. Man erwartete von ihm, daß er über das Geschehen nachdachte, aber für eine Weile konnte er sich nichts denken, worüber er nachdenken sollte. Als schließlich etwas kam, war es wie ein

schwacher Scherz – nun, wenn du schon in einem Waisenhaus lebst, kannst du genausogut eine Waise sein.
Nach einer Weile stand er auf und zog sein Hemd aus und lockerte seinen Gürtel und schob sein Hosenvorderteil hinunter über seinen Bauchnabel und streckte seinen Bauch über der Schnalle heraus. Er stand da, schaute eine Zeitlang runter auf seinen Bauch und dann schüttelte er den Kopf und richtete sich wieder her. Woran er jetzt dachte, war nicht der Vater, der das Blut aus Mutters Nase spritzen ließ, oder betrunken gröhlend den Trampelpfad heraufkam oder wie verloren im Gerichtssaal stand, als sie ihn verurteilten, es war das Gesicht aus der Zeit, als George den ersten Beutel mit den Lebensmitteln gestohlen hatte, das Gesicht zusammen mit den geplatzten Äderchen in der Haut, den scheckigen Flecken, den dreckig-weißblonden Augenbrauen und Haaren, den zwei roten Augensäcken und den kleinen ausgewaschenen rot-und-blauen Augen und all den vorstehenden stinkigen Zähnen – die ganze Nichtsvisage von einem Gesicht mit allen fiesen Nichtsteilen, nur einmal zusammengesetzt, nur in einer lausigen Sekunde, in einer Art, die George Freude machte daran zu denken, überrascht und stolz, wie er sagte, er würde es noch mal zu was bringen.
George schüttelte sich heftig und legte sich auf sein Bett. Er fühlte nichts besonderes, nicht einmal erleichtert. Nein, sein Vater war nie eine Last für ihn gewesen, sodaß man sich gut fühlt, wenn sie von einem genommen wird.
So kam ihm schließlich doch das in den Sinn, über was er nachdenken sollte. Er hatte nie wirklich Pläne gemacht, ganz allgemein ein Handwerk zu lernen, um *irgendwo* eine Stelle zu bekommen, aber er hatte nie zuvor daran gedacht, daß *irgendwo* woanders sein könnte als in der kleinen Bergbaustadt, oder daß er in einem anderen Haus leben würde und nicht mehr in dieser Bretterbude am Trampelpfad. Der Vater würde dort sein und darum würde er dorthin gehen. Nun würde der Vater nicht dort sein.
So traf es ihn ganz plötzlich. Das heißt, es war gar kein Schlag. Wie einmal, als er ein kleiner Junge war und drüben über dem Fluß in einem kleinen Ruderboot lag, das an ein paar Weiden festgemacht war, und döste in der Sonne. Und wie er dalag, beobachtete er die Maserung des trockenen grauen Holzes, wo einmal ein Knorren war und wie die tiefen Furchen des verwitterten Holzes in und um und aus diesem Knorren wirbelten, man sieht solche Sachen manchmal, und, obwohl sie sich nicht bewegen, hört dein Auge nicht auf, hinein und heraus und rundum und

zurückzuwandern. Es gibt zwei solche Haarspiralen auf Katzenbuckeln. Auf jeden Fall beobachtete er das eine lange Zeit, bis er es gut kannte und halb eingeschlafen war. Auch das Gefühl der einen Bootseite an seinem Kopf und des Bootsboden an seinem Rücken und Rumpf lernte er kennen. Und etwas veranlaßte ihn, sich plötzlich aufzusetzen und um ihn herum gab es nichts mehr, was er kannte. Das Boot hatte sich vom Seil gelöst und war die Strömung eine halbe Meile oder mehr hinabgetrieben. Aber was ihn wie ein riesiges Paar Hände auseinanderriß, eine zog ihn hinauf, die andere hinunter, war, wie seltsam es außerhalb des Boots war und wie vertraut im Boot. Er konnte sich lange Zeit nicht bewegen, außer daß er an die fremden Ufer schaute und hinabschaute in genau dieses Astloch, immer und immer wieder, und fühlte, wie dieses graue Brett an seiner Hüfte scheuerte. Es war, als ob er alles als neu oder alles als alt nehmen konnte, aber nicht beides.

George fühlte sich verloren und zerrissen auf seinem Bett, als er darüber nachdachte, daß der Vater jetzt tot war. Denn hier in der Schule hatte er das wirklichste Leben erfahren, das er jemals gekannt hatte, wenn Leben das Vordringen in neuere und neuere Dinge ist. Es war hier und jetzt und wirklich, aber alles draußen war ganz anders und wie als ob es nie das gewesen wäre, was er gedacht hatte, als er es das letzte Mal gesehen hatte.

Er stand vom Bett auf und schaute aus dem Fenster. Es war nicht später als vier Uhr, ein Spätfrühlingstag und es gab sowieso keinen Ort, an dem er bis halb sieben sein konnte, und sogar wenn er dann nicht auftauchte, würde Mrs Dency nichts sagen, nicht heute.

Auch wenn es in Ordnung war, machte ihn etwas vorsichtig, er hielt inne, als er die Treppen halb hinuntergegangen war und ließ zwei Jungens an sich vorbei die Treppe hinuntergehen und sie aus der Sicht verschwinden, und dann, anstatt quer über die Felder loszumarschieren, ging er zum Heuschober und hindurch und den Weg hinunter.

Als er einmal im Wald war, fühlte er sich gleich besser. Hier oben gab es hauptsächlich Eichen und Ahorn. Er vermißte die dürren zerrupften Birken, und ohne die Strauchkiefern roch es eine Spur anders. Aber die Blätter waren alle jung und noch nicht groß. Gleich sah er ein rotes Eichhörnchen, aber er tat ihm nichts, einem grauen vielleicht, aber nie einem roten, sie können über eine Gewehrkugel springen, sich niederducken und zur Unterseite hochspähen, bevor sie vorbeigeflogen ist. Aber er sah Losung auf dem neuen Gras und gerade, als er gedacht hatte: Waldmurmeltiere, sah er die zerpflückten Ahornblätter auf einem neuen Sproß, also war es ein Stachelschwein. Er fluchte, er konnte mit dem ollen Stachelschwein nicht mithalten, ohne Handschuhe und ein Messer, das er nicht hatte. Das rote Eichhörnchen überholte ihn oben in den Bäumen und lärmte lauter als zwei Häher und eine trockene Radachse zusammen.

Plötzlich fiel George auf den Boden und lag still, aber er hielt die Rechte hoch und lag auf der linken Seite. Er hatte das noch nie versucht, aber es stand in einem Buch über Graufüchse in der Bücherei.

Das Eichhörnchen geisterte hinaus zu dem Außenflaum eines Ahornbaums, wo nichts außer zwei Blättern und einer Brise war, um es zu halten, aber es hielt sich irgendwie und die ganze Zeit Gezirpe, Geschimpfe und Gestreite, laut genug, alles von der Ameise bis zum Elch dreiviertel Meilen weit weg zu treiben. George bewegte sich kein bißchen. Dem Eichhörnchen gefiel das nicht. Es hatte sowas nie zuvor gesehen und schien zu denken, da stimmt was nicht. Es lief zum Baumstamm zurück und hinunter und weiter unten wieder hinaus, begann zu zischen, zu quieken und sogar seine Zähne zusammenzuklicken, aber George bewegte sich kein bißchen. Das Eichhörnchen rannte den Baumstamm wieder hoch und schälte mit seinen Zähnen ein paar Späne von der Rinde ab, brachte sie zurück, ließ sie einzeln auf George hinunterfallen und einer traf ihn genau auf Backe und Auge, aber er bewegte sich kein bißchen. Das Eichhörnchen entfesselte einen Aufruhr und rannte den Stamm entlang geradewegs hinunter zum Boden und stand da auf drei Pfoten, eine Vorderpfote am Stamm, bereit im Notfall zu türmen, aber George bewegte sich kein bißchen. Das Eichhörnchen setzte die vierte Pfote auf den Boden und war eine Minute ganz ruhig und immer noch lag George da. Das Eichhörnchen bewegte sich vorwärts, wie es Eichhörnchen und speziell rote Eichhörnchen nie tun, nicht hüpfend, sondern ganz krumm, auf seinen Klauen mit steifen Beinen und mit dem Schwanz hinten geradeaus gestreckt. Zwanzig, fünfundzwanzig Zentimeter lang oder so sah es aus, als liefe es auf kleinen Rädern und dann traf es auf trockene Blätter, die raschelten und es erschreckten. Es verschwand wie in einem Trickfilm und lugte dann hinter dem Baumstamm hervor. Und jetzt, als George sich nicht bewegte, kam das Eichhörnchen in zwei großen Sprüngen heraus und hielt ein paar Zentimeter weiter weg an und fing an, ihm wieder einzuheizen, und machte einen

Sprung näher und George knallte mit seiner hohlen Hand herunter, gerade in diesem Bruchteil einer Sekunde, als das Eichhörnchen mitten im Sprung war. Falls der kleine Rotkopf es kommen sah, was er sicherlich tat, dann gab es nichts, was er hätte tun können. Georges Faust kam so heftig auf dem Boden auf, daß wenn das Eichhörnchen nicht dagewesen wäre, die Faust bis zum Knöchel in den Boden gegangen wäre, aber stattdessen tötete er das Eichhörnchen mit einem Schlag, walzte die Rippen und alles andere platt an den Boden. Danach fühlte sich George viel besser.

Er blieb noch eine Stunde im Wald, aber er sah nichts weiter als eine scheckige Fledermaus kopfüber unter einer Espengabel hängen, und wer wird sich schon mit einer Fledermaus abgeben. Er hätte gern einen großen Hasen gehabt oder einen Waschbär, aber dieser Wald schien gerade frisch ausgeschlagen zu haben, auf jeden Fall hatte das Eichhörnchen seinen Zweck erfüllt, und das war schon eine verflixte Menge besser als nichts.

Nach dem Abendessen ging er zu Mrs Dency. Sie steckte ihn in ein Sprezi, holte ein paar Papiere, kam mit ihnen zurück und schloß die Tür. »Setz dich, George«, sagte sie, weil er es gelernt hatte, stehenzubleiben und zu warten.

»Vielen Dank, Ma'am«, sagte er, weil er es gelernt hatte, vielen Dank und ma'am zusammenzusagen.

»Gehts besser? Ja, das sehe ich schon. George, es tut mir *schrecklich* leid.«

»Ist schon gut«, sagte George.

Sie lehnte sich zurück und machte eine Schnute, so wie sie immer kleine Überraschungen einzuwickeln pflegte. Sie hatte schwarzes Haar mit einer weißen Strähne vorne auf einer Seite und eine runde schwarzgeränderte Brille mit einem Kneifer, da wo sie hinter die Ohren ging, mit einer Kordel dran, so wenn sie runterfallen sollte, daß sie einfach hängenblieb. George sagte: »Ich dachte immer, daß ich dorthin zurückgehen würde, aber jetzt ist mir alles egal.«

Mrs Dency brachte ihren Mund wieder in Normalstellung und lächelte. »Was ist – mit deiner – *Tante?*« Sie überreichte ihm die Idee wie einen Tausenddollarschein mit Schokoladenguß. Das Lächeln verschwand, weil George einfach dasaß. »Würdest du das nicht mögen, George?«

George sagte Nein.

Diese Tante, die Schwester der Mutter, hatte sich schon ein paarmal nach George erkundigt. Die zwei Schwestern waren nie

miteinander ausgekommen, und Tante Mary war die Älteste und echt madig, daß Georges Mutter zuerst geheiratet hatte und so was. Dann, als der Vater zu trinken anfing und alles schlechter wurde und sie das entdeckte, wollte sie George dann und wann mit sich nehmen, aber nur, um großzutun und es Georges Mutter unter die Nase zu reiben, aber nicht, weil sie George mochte. Dann heiratete sie diesen miesen Hinterwäldlerbauern und mehr als je zuvor versuchte sie ihre Schwester zu kränken, indem sie nach George fragte, was auch eine Art war zu sagen, daß er bei ihr besser aufgehoben wäre, daß es ihr besser ginge. Jetzt, wo die Mutter tot war, traute George diesem Angebot kein bißchen, weil er keinen Grund dafür sehen konnte. Er kam auch mit dem Ehemann von Tante Mary nicht gut aus, so selten er ihn auch getroffen hatte. Außerdem wußte George, daß die beiden es ihn merken lassen würden, daß er wegen Einbruch und Hausfriedensbruch und versuchten Diebstahls verurteilt worden war und daß sie es ihn nie vergessen lassen würden. Aber George sagte kein Wörtchen davon, weil er nie viel über etwas sagte und weil er dachte, daß es seine Angelegenheit war, sagte er einfach Nein.
Mrs. Dency redete eine Menge darum herum und das Ergebnis war, daß George sie fragte, ob er nicht einfach bleiben könnte, wo er war. Das war eine Riesenüberraschung für Mrs Dency, aber sie dachte darüber nach und sagte dann okay, weil George damals erst fünfzehn war. Seine zwei Jahre waren um, aber in einem Jahr würde er sechzehn sein, und die Schule könnte ihn entlassen, ohne daß er zu Verwandten gehen mußte.
George hatte sich da in einigem verrechnet, aber er fand das erst viel später heraus, wie konnte er auch, wenn er nicht darüber sprach, sondern nur dasaß.
Also blieb er noch ein Jahr in der Schule und man hätte keinen Unterschied merken können, er arbeitete in der Schule, in der Autowerkstatt und auf den Feldern. Er spornte sein Baseballteam mit Rufen an, sein Haus gewann eine Maisgarbe und George gewann das einzige, das er jemals in einem Wettbewerb gewonnen hatte, es war beim Heidelbeertorte essen, die Hände auf dem Rücken zusammengebunden.
Aber es gab trotzdem einen Unterschied. Die zwei Jahre, das war, was das Gericht gesagt hatte, und das Gericht und die Schule hatten George im Griff. Wenn er getürmt wäre, hätten sie ihn zurückgezerrt und das hätte wieder Käfig für ihn bedeutet, keine Filme oder Eiskrem, bis die Hölle zum Eisberg wurde. Aber in diesem anderen Jahr hatte er die Strafe schon hinter sich und er

war da, weil es keinen anderen Ort für ihn gab, wo er lieber hingehen würde, obwohl er das nie sagte, sie hätten ihn sonst zu Brei gemacht. Er dachte nie ernsthaft daran zu türmen, aber wenn er es getan hätte, wäre er nicht wie ein Verbrecher eingefangen worden. Es kam auf dies und das und noch was an, ob er noch andere Schwierigkeiten hatte und einen ordentlichen Platz zum Leben und all das, und wenn er keine Schwierigkeiten machte, würden sie ihn in Ruhe lassen, sogar ohne ihn zurückzubringen. Und irgendwie war das alles ein großer Unterschied für George, aber es war kein guter Unterschied, es war schlimmer.

Er war gerissen genug, es nicht zu zeigen, aber so was legt sich über alles, was du fühlst. Das einzige, was er anders machte als früher, war, daß er die ganze Zeit hinaus in den Wald schlich. Er nahm nie jemand mit und er kriegte nicht viel außer einmal einen ganzen Wurf Füchse, und das war praktisch ein Unfall. Andrerseits war alles nicht richtig, weil man Kaninchen nicht knüppeln kann, ohne daß man im Dunkeln an einen Wiesenrand geht, um auf den Sonnenaufgang zu warten und es macht keinen Spaß, eine richtig große Baumfalle aufzustellen oder eine Viererfigur, ohne sicher zu sein, daß man sie da lassen kann, wo niemand hinkommt und wo man selbst hin kann, wann immer man will. Es war schön, dann und wann wegzukommen, aber auf der anderen Seite war es nie oft genug und es war nie das Wahre. Wenn man etwas ganz, ganz dringend braucht, ist es besser, wenn man überhaupt nichts bekommt, als wenn sie einen Stückchen für Stückchen damit füttern.

Aber das große Geheimnis für George war, wie es kam, daß er zwei ganze Jahre ausgehalten hatte, ohne überhaupt an den Wald zu denken und nun, ganz plötzlich, in dem einen Jahr vermißte er ihn so sehr, daß er die ganze Zeit ein heißes Gefühl im Bauch hatte. Die zwei Jahre waren wie nichts vergangen, aber Nummer drei war wie eine Ewigkeit im Schneckentempo.

Ungefähr am Ende davon bekam George eine Nachricht, daß er zu Mrs Dency gehen sollte und das tat er und sie nahm ihn in ihr Büro, schloß die Tür und da stand Tante Mary persönlich. Sie war eine kleine Frau, George hatte das immer gewußt, aber nicht so klein, vielleicht weil er inzwischen so gewachsen war. Sie sah aus wie die Mutter, aber nicht sehr ähnlich. Sie hatte eine sehr lange Nase, die an der Spitze rot und, wie er dachte, naß darunter war. Wenn sie sprach, hatte sie eine sanfte Stimme wie eine Taube oder so, so daß sie einem sagen konnte, wie spät es war und es gut klang. George wußte in der Minute, in der er sie gesehen hatte, daß er ihr nicht mehr böse war, wenn er es je gewesen sein sollte. Sie hätte auch das Jahr vorher kommen können, es wäre das gleiche gewesen. Aber wie kann man so etwas wissen?

Mrs Dency hatte sich schon irgendwie alles ausgedacht, was sie sagen würde und was Tante Mary sagen sollte, man hätte wetten können, daß sie Tante Mary schon eine ganze Stunde in ihrem Büro hatte, nur um ihr zu sagen, wie sie George behandeln sollte. Als George nun drin war und er und Tante Mary sich begrüßt hatten und so, und als die Frauen sich gesetzt hatten und George sagte Vielen Dank, ma'am nein danke und einfach dastand, atmete Mrs Dency tief ein und fing am äußersten Ende an und schlich um den heißen Brei herum und herum, was sie versuchen wollte zu sagen, während Tante Mary aufrecht auf der vordersten Stange des Korbstuhls saß, mit glänzenden Augen wie ein Hund, wenn man Fleisch in der Hand hat und er denkt, es ist für ihn, aber sich fürchtet, das zu sagen. So war es in einer Art lustig, als schließlich Mrs Dency soweit kam zu sagen, daß Tante Mary George immer noch wollte, daß George bei ihr auf der Farm leben sollte, man konnte sehn, daß sie es irgendwie erwähnen wollte, um dann schnell wieder abzuschweifen und langsam darauf zurückzukommen, aber George sagte, und es war der erste Mucks von ihm, den er seit der Begrüßung von sich gab, er sagte: »Aber natürlich will ich.«

Mrs Dency hätte genauso wenig aufhören können, als wenn sie von einer Klippe gefallen wäre und schon halb drunten war, sie redete fast eine Minute weiter, erklärte alles über Blut ist dicker als Wasser und die Vorteile von einem Heim und einer Familie und das einzige, was sie zum Aufhören bringen konnte, war, daß Tante Mary aufstand und herüberkam zu George und seine beiden Hände nahm. Und das entschied alles.

Es war eine lange Fahrt im Bus. Tante Mary sprach nicht übermäßig viel und George sprach fast kaum wie immer, aber bis sie zur Farm kamen, erfuhr George eine Menge Sachen, eine war, daß es ihm niemand nachtrug, daß er verurteilt worden war, denn wenn man der Sache auf den Grund ging, wurde er nicht wegen Einbruch und Hausfriedensbruch und versuchten Diebstahls verurteilt, wenigstens nicht die zwei Jahre lang, es war hauptsächlich, weil das Gericht und der Pfarrer und die Wohlfahrtsfrau dachten, er wäre an der Schule besser aufgehoben als in einer Bretterbude mit dem Stadtsäufer, nachdem die Mutter gestorben war. Auch daß sie vielleicht letzten Endes wirklich wollte, daß er zu ihr kam, und nicht jemand zum Trotz, wie die Mutter immer sagte. Also war das einzige zum Sorgenmachen ihr Mann, eine Teersohle * namens Grallus, Jim Grallus. Onkel Jim. Auf den ersten Blick war er nicht jemand, über den man sich Sorgen machen mußte, nur einssechzig groß und dürr, aber wie eine Menge kleiner Kerle mit einem Tick auf alle großen Kerle, besonders wenn er ihnen sagen konnte, was sie tun sollten. Man trifft auf solche Typen die ganze verdammte Zeit bei der Armee. Aber schon als er sechzehn war, wußte George etwas davon und wie alles andere ist es halb so schlimm, wenn man darauf wartet. Und auf jeden Fall zeigte es sich nicht sehr viel bei Onkel Jim, jedenfalls lange Zeit nicht.

Zuerst war es schwer für George, auf der Farm zu leben, es war so anders als in der Schule außer einem, er bekam ein Zimmer für sich allein und das war prima. Aber unheimlich lange noch konnte er sich nicht an mehr als drei Wände um sein Bett gewöhnen, es war als ob der Mund zugeklebt war und die halbe Nase, man konnte ganz gut atmen, aber nie genug. Aber nach und nach mochte George das Zimmer wirklich gern. Außerdem war es immer das gleiche mit George, wenn man ihn mit neuen Leuten zusammenbrachte, verschloß er sich noch mehr als gewöhnlich und eine lange Zeit, das merkte er, dachten Tante Mary und Onkel Jim, daß er dumm wäre, gerade Ja und Nein und Ist gut, und wenn sie wollten, daß er ihnen etwas erzählte, wie von der Schule oder zuhause, gerade ein Lächeln und Hände ausspreizen und kein Wort.

In der ersten Zeit, acht oder neun Monate lang, während George sich irgendwie hineinfand, mußte er sehr oft und lang in die Wälder gehen, wenn er seine Arbeit getan hatte, was er wirklich tat, und sie ließen ihn gehen. Es gab wirklich schöne Wälder rundherum, sogar besser als in Kentucky, ein paarmal sah er Bären, obwohl er nie einen fing. Aber er hatte noch nie solche Opossums gesehen, groß und fett, und Waschbären und Kaninchen und sogar Biber, die aber selten. Also ging George erst jagen, weil er irgendwie mußte, und dann ging er einfach, um zu üben, und dann traf er Anna und ließ es ganz sausen. Warum es wie in den zwei ersten Jahren in der Schule war, darüber dachte er überhaupt nicht mehr nach.

Er war über sechzehn, als er Anna traf, und sie war älter, vielleicht acht Jahre. Ihr alter Herr hatte nahe an zweihundert Morgen, wo

* Spitzname für die Bewohner der Fichtenheiden Nordkarolinas.

Tante Mary nur sechsundvierzig hatte, und das meist lehmige Weiden, Felsen und hügeliges Waldland. Der Hof von Annas Vater war noch schlechter dran und sieben Kinder. George dachte immer, wie schön das sein müßte, all die Leute gehören irgendwie zusammen und er stand da mit niemand, mit dem er sich unterhalten konnte. Aber als er mit Anna sprach, entdeckte er, daß sie die ganze Zeit gedacht hatte, wie schön es für ihn sein müßte, ein kleiner Hof, so ruhig, nur dreizehn Stück zu melken, abends und morgens und ein Zimmer für sich. Es war wirklich lustig, wie jeder den anderen beneidete.

George traf Anna einmal an der Molkerei, als ihr Vater krank im Bett lag mit einer ausgerenkten Schulter, weil er von einem Heuwender gefallen war. Sie lenkte ein Gespann zur Molkerei und er half ihr, die Vierzigliterkannen von dem einfachen Wagen auf die Rampe zu schaffen. Zuerst redeten sie nicht viel, sie war nicht das, was man gutaussehend nennen würde, was auch der Grund war, warum sie lange auf dieser Farm klebengeblieben war, es gab niemand, der sie heiraten wollte. Sie hatte ein breites frisches Gesicht, braune Augen und Haare und hielt ihren Kopf irgendwie so nach vorne, so wie es Frauen tun, die diesen Klumpen zwischen den Schultern haben, den man den Witwenbuckel nennt. Sie hatte starke Oberarme und auch starke Schenkel, war aber schmal in der Taille, an den Unterarmen, Knöcheln und Füßen. Irgendwie regte eine Frau, die so gebaut war, George nicht gerade auf, aber er fühlte sich wohl bei ihr.

Ungefähr das dritte Mal, als er sie sah, sagte er zu ihr, daß es auf der Straße nahe an die zwanzig Kilometer zwischen Tante Mary und dem Hof ihres Vaters seien, aber ob sie wüßte, daß es nicht mehr als fünf Kilometer durch den Wald wären. Sie dachte darüber nach, lächelte ihn an und sagte, ja so ist es, und zwar deswegen, weil die zwei Höfe um einen Bergrücken voneinander entfernt lagen und die Straßen folgten den Tälern. Na, sagte er, vielleicht wenn er eines Tages im Wald wäre, um zu jagen, würde er sie auf den Feldern treffen. Sie sagte vielleicht und das war alles im Moment, weil das nächste Mal, als er zur Molkerei kam, war ihr Papa da. Er redete nie mit ihrem Papa.

Nicht lange danach, es war im Sommer und noch ein paar Stunden nach dem Melken hell, ging er wirklich hinaus in den Wald und marschierte den Berg hinauf und wieder hinunter und bevor er sich besann, war er dort.

Und sie saß außerhalb des Stacheldrahts am Rand des Walds bei den Nordweiden ihres Papas.

Und er sagte: »Was machst du denn hier draußen?«
Und sie lachte und sagte: »Ich nehme an, ich habe auf dich gewartet.«
Und das war der Anfang von langen Gesprächen darüber, wie glücklich sie war mit dieser ganzen großen Familie, wie glücklich er war ohne eine Familie und so weiter. Er war nie zuvor mit einem Mädchen zusammen gewesen, aber sie wußte eine Menge, war aber immer vorsichtig. Nur Kerle von den Dreschmaschinen und so, die nicht hier in der Gegend wohnten. Man könnte meinen, daß George wütend darüber wurde, als er das entdeckte, aber es machte ihm nichts aus. Diese Kerle waren alle Teil der Vergangenheit und die war vorüber, sie hatte damals keinen festen Freund, aber jetzt hatte sie einen und das war er. Sie zeigte ihm ganz gut, was zu tun war. Man sollte es nicht glauben, aber George drängte sie nie, es zu machen. Sie machten alles, was sie wollte, und es machte ihm Spaß, aber er tat es für sie. Er hatte immer Angst, daß er ihre Hände oder sonst etwas verletzen könnte. Es war erst ungefähr in der dritten Woche, daß er irgendwie die Führung übernahm. Eine warme Nacht und mehr als sonst noch gefiel ihm ihr Geruch. Sie roch gut wie der Atem einer Kuh gut riecht, wie Heu gut riecht oder wie der Milchschuppen an einem warmen Morgen, bevor das Verschüttete anfängt, sauer zu werden. Er hatte dieses Brennen im Magen, wie wenn er jagen müßte, aber das war zum Teil immer Ärger, und das hier war auf keinen Fall Ärger. Sie sagte zuerst nein, das wäre nicht recht, aber er beharrte darauf und bald ließ sie ihn einfach. Na, sie wußte, er würde sie nie verletzen, und auch, daß er nie darüber reden würde.
Das war die schönste Zeit in Georges ganzem Leben, besser als die Armee oder die Schule oder was sonst. Manchmal war Onkel Jim wirklich grob mit ihm, je nachdem, wie er sich fühlte, und manchmal machte George etwas verkehrt, einfach weil er es nicht besser wußte, wie damals, als er einen Heuhaufen so baute, daß er umstürzte, und damals, als er die Küken in dem alten Schuppen frei laufen ließ, wo sie die Kokzidiose oder wie man das buchstabiert kriegten, am ersten Tag sind sie matt, am zweiten Tag können sie nicht laufen, am dritten Tag sind sie tot, es war ein Wunder, daß sie nicht den ganzen Haufen verloren. George konnte es nicht leiden, Fehler zu machen, er fühlte sich dann schlecht und war wütend auf sich selbst. Wenn nur Onkel Jim das verstanden hätte, aber er verstand es nicht. Er mußte jammern und brüllen. Manchmal war es bitterkalt und manchmal heiß und

manchmal mußte er zwei Tage und Nächte ohne Unterbrechung arbeiten, wie zum Beispiel, als das Kalb in Querlage geboren wurde, zur selben Zeit, als der Sturm mehr als die Hälfte vom Zaun umwarf. Und einmal sprang seine Axt von einem Knorren ab und schlitzte gerade hinunter durch seine Schuh seinen Fuß auf. Aber trotz dem Ärger und den Streitereien und der harten Arbeit war es immer noch die schönste Zeit in seinem Leben. Nie geschah etwas, was ihn wieder mit einem Knüppel oder einer Falle hinaus in die Wälder trieb, er brauchte es einfach nicht. Er verbrachte eine Menge Zeit draußen und sie dachten, er wäre jagen, aber es war, um Anna zu sehen. Sogar sie nicht zu sehen, war manchmal wundervoll, wie als würde man sich absichtlich hungrig werden lassen, damit das nächste Essen besser schmeckt, was man nur tun kann, wenn man absolut sicher wegen dem nächsten Essen ist. Anna mochte es auch, niemand achtete sehr auf sie auf ihrem Hof, solange sie ihre Arbeit machte. Was sie auch tat.

Und das Lustige dabei war, daß es niemand herauskriegte und George und Anna versuchten nie sehr, ein Geheimnis daraus zu machen. Es wurde wie zu einer Gewohnheit, mehr nicht, für sie, sich ganz allein in den Wäldern und in einer Art Höhle, die sie kannten, zu treffen. Manchmal sahen sie sich auf dem Hof oder in der Stadt und sprachen miteinander, aber jeder kannte jeden und keiner dachte sich etwas dabei. Und obwohl die Leute gern reden und kuppeln und so, über George und Anna dachten sie nie nach. Er war erst fünfzehn, als er ankam, und sie war vierundzwanzig oder so. Er war groß und gutaussehend genug, daß einige Mädchen in der Stadt ihn neckten, ihm Bemerkungen nachriefen und sowas, und Anna war eine von denen, die in der Menge laufen, man weiß, daß sie dasind, aber man kann ihr Gesicht nicht sehen. Sogar wenn sie also zusammen waren in der Stadt, dachte sich niemand etwas dabei und keiner sah sie jemals irgendwo sonst. George war zu jung, um ans Heiraten zu denken und außerdem hatte er kein Geld und Anna hatte wahrscheinlich nie auch nur daran gedacht, es gibt ein paar Leute, die sich sagen, Na ja, wahrscheinlich ist das nichts für mich, niemals, und sie denken nie wieder daran, Anna hatte sich das jedenfalls schon lange aus dem Kopf geschlagen. Zweieinhalb Jahre so und man weiß, was los ist, man denkt, was immer man auch tut, es wird schon so weiter gehen. Nun, es geht nicht immer so weiter.

Es gab einen Zeitpunkt, als George und Onkel Jim zum ersten Mal bös aneinandergerieten, es war im November und es wurde früh dunkel. Nach dem Melken und dem Abendessen schlüpfte George hinaus in den Wald, ging über den Hügel und er und Anna verbrachten eine lange Zeit damit, die Höhle auszubauen, die sie dort oben hatten, nahe an der Nordweide von ihrem Papa. Sie war nicht besonders, aber sie war windgeschützt. Na ja, mit der Arbeit und dem Rumpussieren mit Anna wurde es schön spät, als er nach Hause kam.

Er kam erst sehr viel später dahinter, was geschehen war, während er weg war, aber da war was, was jede Nacht oder so Hühner stahl und es muß so gewesen sein, daß Onkel Jim sie mitten in der Nacht oder darum unruhig gackern hörte, auf jeden Fall kam er in seinem Pyjama raus und mit einer Laterne. Da war ein großer Skunk draußen im Hühnerauslauf, als er ihn sah, verschwand er in der Geschirrkammer unter der Scheune. Onkel Jim war rasend über diesen Skunk und er raste hinter ihm her. Mit seiner Laterne konnte er ihn oben in der Ecke hocken sehen, wie er auf ihn runter schaute. Da stand eine Heugabel und er war so wütend, daß er die Heugabel griff und nach dem Skunk stieß, na, eine von den Zinken ging auf der einen Seite durch das Fell und blieb in der Wand stecken und da war er gefangen und Onkel Jim war auch gefangen. Jeder weiß, vom Skunk, wie sehr er stinkt, aber niemand scheint jemals zu erwähnen, daß er ganz schön scharfe Krallen hat, die so scharf sind wie von einer Katze, und er ist so schnell und stark wie ein Wolf. Und das hier war ein großer Skunk. Also konnte Onkel Jim die Gabel nicht loslassen und der Skunk konnte nicht loskommen, er muß wahnsinnig geworden sein. Na, Onkel Jim brüllte zum Steinerweichen, aber weil er genau auf der anderen Seite der Scheune vom Haus war und bei dem Wind – es war eine von diesen kalten Herbstnächten mit einem halben Mond und einem halben Sturm – hörte Tante Mary nichts. Und George war nicht einmal da, aber Onkel Jim wußte das nicht.

Er brüllte sich heiser und war bald ein Eiszapfen und außerdem stank er. Vielleicht wollte er den Skunk zu Tode bluten lassen, aber er blutete nicht viel, also lehnte er sich einfach auf die Gabel und döste so. Und wachte auf und fröstelte und döste.

Ungefähr um diese Zeit kam George zurück. Im Mondlicht sah er das Scheunentor offenstehen, aber kein Licht, weil die Laterne schon lange ausgegangen war. George, ging zuerst dahin, anstatt einfach vorbei. Er rammte die Tür zu und legte den Riegel vor und ging weiter ins Haus. Das Geräusch vom Riegel ließ Onkel Jim natürlich auffahren, er brüllte und sprang nach der Tür, aber da ging George schon um die Ecke und mit dem Wind in den Ohren und seinen Gedanken, ich nehme an, bei Anna, hörte er nichts. Da stand Onkel Jim nun in der pechschwarzen Nacht mit dem Skunk, und als er nach der Tür sprang, ließ er die Gabel fallen. Sie rasten eine ganze Weile da drin rum und rum. In ungefähr zehn Minuten reizte der Krach den großen Holsteiner Bullen, na, zum größten Teil Holstein, der im Freßgitter auf dem Hauptboden der Scheune stand, der Bulle fing an, gegen das Freßgitter zu stoßen, die Kühe wurden unruhig, das weckte die Schweine, vielleicht lag die Sau über einem Ferkel, auf jeden Fall fing das Ferkel an zu quieken. Das war dann genug Krach, daß auch George Smith es hörte und es George Washington die Stiefel auszog. George rannte hinaus und war schon über den Hof und in der Scheune, bevor er endlich das Fluchen und das Hämmern aus der Geschirrkammer hörte. Er rannte hinunter und öffnete und das erste, was herausprallte, war Gestank, wie eine Wand, die auf einen fällt, wie etwas Festes. Dann der Skunk, so verrückt, daß er den Boden nicht berührte, er flog einfach und sie kriegten ihn nie, George blinzelte nur und ließ ihn vorbeirasen. Dann kam Onkel Jim.

Und alles, was er wissen wollte, war, wer das Tor geschlossen und den Riegel vorgelegt hatte. Und George sagte er wärs gewesen, aber ...

Aber nichts. Onkel Jim fiel ein und er verfluchte George hoch und runter und wieder zurück. Falls George irgend etwas zu sagen hatte, wollte es Onkel Jim nicht hören, er brachte alles vor, was er gegen George sagen konnte, daß George dumm sei und ungeschickt und faul, und wenn er denkt, er wäre klug, na, damit hätte es sich. Und je mehr er brüllte, umso wütender wurde er, es war, als ob er einen Topf voll Haß für George und alles um George hätte, mit fest zugeschraubtem Deckel, der aufplatzte und alles explodierte heraus. Vielleicht wenn George mit dem Mund so geschickt gewesen wäre wie andere Kerle, wäre es nicht so schlimm gewesen, aber alles, was er tun konnte, war, wie eine Puppe dazustehen und ab und zu zu lächeln. Es war nicht wirklich ein Lächeln, er fühlte sich ganz gewiß nicht danach, aber es kam so heraus. Es schien, als ob es Onkel Jim zum Wahnsinn treiben würde. Er fing mit einer ganz neuen Masche an, als ob er auf eine ganz neue Schicht gestoßen wäre. Er sagte über Georges Vater und Mutter, daß sie nie verheiratet gewesen wären, daß George ein Bastard wäre. Er sagte von George, daß er nicht ganz sauber wäre, was er meinte, war, nehme ich an, daß George kein Mädchen

hatte, von dem er wußte, daß er nur Lust habe allein in die Wälder zu gehen. Er sagte, Georges Vater wäre ein Säufer, der zu nichts taugte, und seine Mutter wäre eine Hure geworden, wenn sie nicht zu häßlich gewesen wäre. Und daß George ein Dieb und Einbrecher und Knastbruder wäre und daß er George und sein Gesicht gründlich satt hätte.
George war immer noch nicht nach Lächeln zumute, aber ihm fiel nichts ein, was er sagen sollte, also lächelte er. Onkel Jim fing an, noch mehr zu brüllen, es hörte sich nach Worten an, aber nur Spucke kam aus seinem Mund und wurde wie so Schaum, seine Augen guckten wirklich wahnsinnig, eins schielte nach der einen Seite. Er fing an George zu schlagen. Er war so klein und George war so groß, daß er zu seinem Gesicht hinauflangen mußte. George hatte Fäuste, halb so groß wie Onkel Jims Kopf, aber er erhob sie nicht einmal. George hatte ein Fahrtenmesser am Gürtel, aber er dachte nicht einmal daran. Onkel Jim schlug und schlug nach ihm, er war nicht einmal stark genug, es mit einem Treffer zu beenden, er drosch einfach weiter. George gab ihm nur so einen kleinen Stoß und wich zurück, aber das Geschrei, die Art und Weise, wie der Schaum immer weiter aus Onkel Jims Mund flog, machte, daß er sich ganz verloren vorkam. Er fühlte Blut auf seinem Mund und schmeckte es. Er brüllte nur einen ganz lauten Brüller von einem Schrei und rannte weg. Der Onkel stand nur da und heulte: Und komm ja nicht zurück und komm ja nicht zurück.
George wußte nicht genau, wohin er lief, er wußte wirklich nicht, wie ihm der Kopf stand, bis er in der Höhle war, die er und Anna ausgebaut hatten. Er krabbelte hinein, er keuchte schwer, wahrscheinlich vom Laufen oder Weinen, und das Blut tropfte von ihm und er hatte Wasser in den Augen, er schnupperte überall an der alten Decke, die sie darin hatten und legte sich hin und rollte vor und zurück. Er brauchte etwas wirklich dringend, er wußte nicht was. Hauptsächlich war es Anna, aber Anna war inzwischen im Bett und schlief und es gab keine Möglichkeit, zu ihr zu gelangen, ohne jedermann aufzustören. Wenn er zu Tante Mary hätte gehen können, vielleicht hätte sie helfen können, aber es gab keine Möglichkeit, ohne sich dabei Onkel Jim zu nähern. Und er dachte an Mrs. Dency, aber die war kilometerweit weg, und er würde sie nie wieder sehen. Sein Bauch war heiß und sein Gesicht und der Kopf taten ihm weh. Im Mondlicht konnte er an sich herunterschaun und das Blut von seinem Kinn auf die Hand tropfen sehen, es sah schwarz aus, er dachte, es wäre das Blut seiner Mutter.

Er brüllte wieder hinaus, wie drunten bei der Scheune. Dann saß er lange Zeit still und dachte nicht einmal nach. Dann stand er auf und brach durch den Wald, auf den Nordzaun von Annas Papas Hof zu, bog an der Ecke ab und den Hügel hinunter und durch den Wald zur Straße. Auf dem Weg hielt er an einem Bach an und säuberte sich. Es war sehr kalt. Es machte ihm nichts aus, es war gut. Er ging zur Stadt.
Er bog nahe an der Stadt von der Straße ab und näherte sich ihr durch den Wald, wie er es gern tat. Dort stand eine Fabrik, wo sie Pappkartons und die braunen Einkaufstüten aus Gelbkiefer herstellten, die wie Unkraut auf ausgelaugten Baumwollboden wächst. Dort war ein Eisenbahnnebengleis und eine kleine Bretterbude mit einem Wächter. Der Wächter dort hatte das Gesicht von Georges Vater. Er war betrunken, roch nach Schweiß, schmutziger Haut und billigem Fusel wie der Vater, er schrie George plötzlich an in der gewohnten Art und Weise, als ob er den Atem nicht einzuziehen brauchte, er war fertig da fürs Schreien.
Das Ganze war zu viel für George, und so schlich er sich zurück in die Wälder und trieb sich dort lange Zeit herum, drei, vier Tage. Er erinnerte sich nie. Er aß nicht, schlief nicht, trank wahrscheinlich nicht einmal einen Schluck Wasser. Eines kam später klar wie ein Bild, es war die Höhle und der Geruch ihrer Decke und Anna, wie sie bei ihm saß und weinte. Was sonst noch wirklich passierte, kennt er nur vom Erzählen. Anna brachte ihn zurück zu Tante Marys Hof. Er war schwach und krank und hatte ein schlimmes Fieber und wie sie ihn so weit schleppen konnte, ist ein Wunder, aber sie war halt ganz schön stark.
Er war eine Woche lang krank, lag einfach da in seinem Zimmer und sagte nichts, sogar als es ihm wieder gut ging. Tante Mary erklärte ihm so viel sie konnte über Onkel Jim, besonders wenn er nicht in ihrer Nähe war und es hören konnte. Sie sagte, daß er durch und durch ein kleiner Mann wäre und daß er wütend auf große Männer wäre, einfach weil sie groß wären. Sie sagte ihm sogar, daß sie sich, sie und Onkel Jim, über George gestritten hätten. Er sagte nie tatsächlich, da wäre etwas faul, sagte aber, sie schaue den großen George mit seinem blonden Haar und seinen Muskeln in einer Weise an, wie sie es nicht tun dürfte, selbst wenn sie es nicht selbst wüßte. Und außerdem war Onkel Jim auch kein junger Springinsfeld mehr. Wenn man das also zusammenzählte, kam schon ein großer Haufen zusammen, Onkel Jim war wütend auf ihn, weil er jung war, weil die Frauen dachten, daß er gut aussah, weil er stark war, weil seine Frau ihn gern hatte und zu-

sätzlich, weil er nicht aus ihm klug wurde, das kann man nicht, wenn ein Kerl nichts sagt. So, um dem Ganzen die Krone aufzusetzen, in der Nacht mit dem Skunk hatte Onkel Jim gedacht, er würde ihn auslachen. George hatte ihn nicht ausgelacht. So etwas ist sonst schon komisch, aber nicht wenn man dabei ist.
Onkel Jim sagte nie, daß es ihm leid täte oder so etwas, aber Tante Mary sagte, es täte ihm leid und George glaubte ihr. Onkel Jim erwähnte es einfach nicht wieder und man sollte es nicht glauben, aber alles lief wie früher. Aber man muß daran denken, daß George daran gewöhnt war, daß die Hölle losbrach und dann alles wieder einfach weiterging, seit er ein Kind war. Vielleicht war alles sogar ein bißchen besser als früher. Onkel Jim hatte sich eine große Beule geholt und sie brauchte lange zum Verheilen, außerdem mußte er versuchen, Abstand zu gewinnen von einer Sache, auf die er nicht stolz war. Es machte George wirklich nicht viel aus. Er war daran gewöhnt und Tante Mary war so freundlich wie sie nur sein konnte, während sie sich immer vor dem fürchtete, was Onkel Jim über George-zu-gern-haben gesagt hatte. Aber es war wirklich besser und kein Spaß mit George und Anna, weil es Anna unheimlich gut getan hatte, sich das eine Mal um ihn zu kümmern, als er sich selbst nicht helfen konnte, und es hatte George auch gut getan. George dachte noch oft daran zurück, Schrammen und Fieber und das ganze Zeugs, das ist, was sich ein Kerl ganz tief drinnen wünscht, genug davon haben, bei jemand sein, der sich um einen kümmert und das Denken Denken sein lassen.
Alles glättete sich, bis George neunzehn war und Anna krank wurde.
Das einzig Gute dabei war, daß George wußte, warum sie krank war, sie kriegte einen dicken Bauch, das wars. Wenn sie einfach nicht gekommen wäre und er am Hof von ihrem Vater herumgelungert und gefragt hätte, wäre es sogar ein noch schönerer Schlamassel gewesen. Er war nie sicher, aber er dachte, daß sie wußten, was mit ihr los war, und man kann Gift darauf nehmen, daß sie wie wild versuchten herauszufinden, wer der Kerl war. Sie waren ein verstockter Haufen, ihre Leute, und sie wollten es für sich behalten, aber trotzdem wäre jeder Kerl, der nach ihr gefragt hätte, in Lebensgefahr gewesen. Nun war es schon gut, daß er bescheidwußte und wegbleiben konnte. Sie war schon unwohl, als sie es ihm erzählte. Sie übergab sich die ganze Zeit, sie nennen es morgendliches Erbrechen, aber das brauchte keinen Morgen dazu, sie konnte zu keiner Zeit etwas in ihrem Magen behalten. Ihre Periode war schon zweimal ausgeblieben, na, er

wußte das wirklich schon, bevor sie das wußte, sie führte keinen Kalender darüber. Als sie dann nach der Arbeit nicht mehr auftauchte, war es, weil sie krank zuhause im Bett bleiben mußte. Zuerst war es nur ärgerlich, aber als es dann zwei Wochen, vier und sechs und sieben wurden, war es schwer hinzunehmen. George hatte sich daran gewöhnt, Anna zu brauchen, er kam nicht sehr gut zurecht, ohne daß er sie sah. Und er begann sich Sorgen zu machen, daß sie so krank war, daß es nicht besser mit ihr wurde und was sollte er dann tun? oder es ging ihr besser oder vielleicht sogar schon gut, aber sie war wütend und gab sich nicht mehr mit ihm ab. Keinen von beiden Gedanken konnte er ertragen, und er sprang die ganze Zeit von einem zum anderen. Er mußte zugeben, trotz all der Jahre, in denen er sie gesehen hatte, kannte er sie nicht gut genug, um zu wissen, ob sie ihn wegen so etwas fallen lassen würde.

Was er außer sich Sorgen machen noch tat, war, diesen kleinen Bankert in ihr zu hassen. Auch daß es nur ein Baby war oder weniger, das machte es schlimmer. Dort lag es, die ganze Zeit warm und versorgt, ohne was zu tun oder auch nur zu denken, während George allein auskommen mußte. Als ob Anna einen anderen Freund hätte und George mußte sie an einen anderen Kerl verlieren, der stärker oder klüger oder reicher oder so etwas war, nun, er wäre dann auch verletzt und traurig, aber schließlich wäre der Kerl, der ihn ausgestochen hätte, etwas gewesen, wäre in einiger Beziehung besser gewesen als George. Aber dieses Tier in ihr, was da wie eine Art große Warze in ihr wuchs, es war ein wirkliches Nichts, aber es schlug ihn einfach aus dem Rennen, ohne überhaupt was zu versuchen, ohne überhaupt zu wissen, daß es da war. Und das war das Einzige, worüber er jemals wütend über sie wurde, warum wollte sie mit einem dicken Bauch rumrennen, er wäre auch ohne das ausgekommen, es war nur sie, die das wollte und jetzt hatten sie die Bescherung.

Er schaute weiter nach seinen Fallen, er fing wieder an, viel zu jagen und dann ging er zur Höhle und saß da und schnitzte mit seinem Fahrtenmesser und das Einzige, was er tat, war, dieses Ding in ihr zu hassen.

Deshalb kam es auch soweit, daß er zur Armee ging, denn alles wurde so schlimm, daß er nicht schlafen und nichts konnte, er hatte fast die ganze Zeit dieses Heiße im Bauch und es wurde schwerer und schwerer, es loszuwerden. Es war, als ob ein Gerücht durch den Wald ging, alles war weg aus dem Wald, Hasen, Waschbären, Murmeltiere, sogar Eichhörnchen und Mäuse und

was blieb, war mager und verkümmert. Aber er belog sich selbst. Einmal, bei dem größten, fettesten Waschbären, den er jemals gesehen hatte, fühlte er sich genauso.
Trotzdem zog er immer größere Kreise, er wußte nicht, wonach er suchte, sondern dachte einfach, er könnte es weiter draußen finden, wenn er es nicht rund um sein Zuhause fand. Und es war mitten im Sommer, als er einen Biberbau den Hügel hinauf fand und er begann, eine Baumfalle aufzustellen, es mußte eine große werden, denn Biber sind schwer zu halten. Er stellte immer Fallen auf, wo kein Mensch jemals hinkam, es hatte einfach überhaupt keinen Zweck, Fallen aufzustellen, wo die Leute herumtrampeln und brüllen und lärmen. Es gibt nicht einen Menschen unter achthundert Dutzend, der weiß, wie er sich ruhig zu verhalten hat, erst recht nicht im Wald, das ist es, was am meisten faul ist an den Leuten. Auf jeden Fall kam er am nächsten Tag zurück zu seiner Baumfalle am Biberbau und da war so ein verdammter kleiner Rotzbengel am Bein gefangen. Na, das machte George so verdammt wütend, es ist komisch, aber so verdammt wütend, daß er sich besser fühlte. Man wird so wütend, wenn man rundherum so verloren und so durchgedreht ist, man fühlt sich dann aber nicht länger verloren, wenigstens nicht, solange man wütend ist. Er schlug dieses Kind zusammen, weil es seine Baumfalle unbrauchbar gemacht hatte, das Kind war für ihn das Kind, das in Anna wuchs und während er es aus dem Weg räumte, konnte er sich endlich an dem Kind rächen.
Am nächsten Tag ging er zu dem Mann in der Post und das erste, was Tante Mary darüber erfuhr, war, als er die Papiere anbrachte, die sie zu unterschreiben hatte, er war nicht mehr aufzuhalten. Es kam so plötzlich, daß sie und Onkel Jim nicht einmal wußten, was sie sagen sollten, sie war so durcheinander und Onkel Jim sagte immer wieder: Na also sowas Na also sowas und als George in seinem Konfektionsanzug steckte, sagte er Sohn alles was wir getan haben, war das Beste, was wir tun konnten. Und George, er lächelte nur dieses Lächeln, das er hatte, wenn er nicht wußte, was er sagen sollte und ging.

Nun, man erzählt eine Menge über die Armee, sie taugt zu nichts, es ist beeil dich und warte, es ist die lausige Armee, diese verdammte Armee. Nun, ich kann sagen, daß es eine Menge Leute gibt, die eine Menge mehr in der Armee bekommen haben als sie je zuvor hatten, viele von denen, die am meisten meckern, haben zuvor nie etwas zu sagen gehabt und bekamen hier zum ersten Mal in ihrem Leben die Falten aus ihrem Bauch. Es gibt besseren Fraß als Armeefraß, aber Armeefraß ist viel besser als was der ganze Haufen jemals zuvor gesehen hat, wenigstens so regelmäßig. Und man würde überrascht sein, wieviele Kerle in ihrem ganzen Leben nie so viel Schlaf hatten, Woche für Woche und nie zuvor so sauber waren. Man tut, was sie einem sagen, meldet sich nie freiwillig und findet, man hat sein Auskommen. Du willst dir Sorgen machen, fang schon an, aber das sind alles Nonnenfürze und Hühnerdreck, worüber du dir Sorgen machst, die großen Sachen sind schon alle vorgedacht für dich, du brauchst dir selber keine Sorgen zu machen. Ich habe das schon vorher gesagt und ich werde es wieder sagen müssen, wenn man der Sache auf den Grund geht, gibt es nichts, was ein Mann braucht, außer einem Weg seinen Bauch zu füllen und laß jemand anderes sich um all sein Denken kümmern, er muß nicht, wenn er nicht will. Und wenn das nicht durch und durch die Armee ist, dann weiß ich nicht, was sonst.

Dieses eine Mal in seinem Leben, meinte George, hatte er das Richtige getan. Manchmal tat es ihm leid, daß er Anna nicht sehen konnte, aber was immer ihr auch zustieß, sie war nicht allein in der Welt und es würde ihr schon gut gehen, es sei denn, sie starb und dann, was kann man dann tun. Auf jeden Fall hatte George in seinen zwei Jahren Armeedienst und Ausbildung und Autoschlosserschule alles, was er brauchte und auf einmal außerdem ein bißchen Geld. Es war für ihn in jeder Hinsicht wieder die Staatsschule, nur größer und auch leichter. Als er in die Schule kam, mußte er lange Zeit damit verbringen zu lernen, was er tun sollte und was nicht, aber in der Armee wußte er es schon, er wußte es besser als eine Menge Leute, die nie vorher in einem Schlafsaal oder in Kasernen gewohnt hatten. Er kümmerte sich um niemand und niemand kümmerte sich um ihn, er war immer noch der große Kerl, der seinen Mund geschlossen hielt, was das Rezept dafür ist, allein gelassen zu werden, wenn man es will.

Die Zeit kam zum Dienstverlängern, was er tat, ja, er nahm nicht einmal seinen Urlaub, sondern lungerte einfach auf seinem Stützpunkt herum, der war in Kalifornien. Und es konnte sein, daß er in dieses Loch fiel, in das die Leute immer fallen, wenn sie der Idee nachhängen, daß alles immer so weiter geht bis in alle Ewigkeit. Na, das ist ein Trugschluß.

Zuerst eine Menge Gerüchte und man weiß, wie man Gerüchte

abtut, aber was wirklich geschah, war eins von den Gerüchten, die man abgetan hatte. Der ganze Haufen nach Übersee verschifft. Einige sagten, es wäre ein Krieg und einige eine Polizeiaktion und ich schätze, für einige von ihnen war es ein großer Spaß.
Für George war es schlimm, es gab niemand, mit dem er hätte darüber reden können und er hätte auch nicht gewußt, was er hätte sagen sollen. Er kam eine Menge herum in der Armee, Louisiana, New Jersey, Michigan, Kalifornien, aber keine Truppenbewegung war wie diese Bewegung. Und diese alte heiße Stelle war wieder in seinen Eingeweiden und es gab nicht viel, was er dagegen tun konnte. In Übersee war es nicht so einfach, sich abzusetzen, um zu jagen und es gab nicht viel zu jagen, wenn man konnte. Und es war nichts mehr mit gefälschten Urlaubsscheinen und einfach Kommen und Gehen. Die Überwachung war um einige Grade schärfer.
Dann gab es Einexerzieren, das machte George nie etwas aus, aber an diesem Tag war es auf dem Start- und Landestreifen und diese drei C-119 kamen herein mit Verletzten und kommandierten Infanteristen als Krankenträger ab. Sie holten insgesamt einhundertdreiundsechzig Rollstuhlfälle heraus und du siehst das und du hörst das und du bist nie mehr derselbe.
Alles was man darüber sagen kann, wie George sich fühlte ist, daß er sich wieder wie ein kleiner Junge fühlte, er würde es kriegen für etwas, was er getan hatte oder für nichts. Der Vater machte es so, aber wenn der Vater nach Hause kam, auch wenn er betrunken nach Hause kam, hieß es nicht, daß er gerade dann geschlagen wurde. Das einzige, worüber man sicher sein konnte, war, daß man irgendwann geschlagen wurde, es würde geschehen und kein Drumrumgemache. Man wußte einfach nie, wann, das ist alles. Und George mit der Schule und der Farm, aber besonders mit der Armee, George war dem allen irgendwie entwachsen, es war tot und vorbei und vorüber, also vergiß es. Und dann diese Verletzungen, sie waren wirklich. Und ganz sicher geschlagen werden, aber man weiß einfach nicht wann, hier war es wieder. Und hier war es immer gewesen. George dachte, er hätte es zurückgelassen, na, das hatte er nicht, und vielleicht heute nacht und vielleicht nächste Woche geht man dorthin, wo sie Rollstuhlfälle aus Männern machen. Und wenn man ging, würde man es vielleicht noch nicht heute nacht oder nächste Woche kriegen, aber kriegen würde man es so sicher wie die Bomben vom Himmel.
George war nicht der einzige, der sich so fühlte und er wußte es.

Einige lachten und unterhielten sich lauter und liefen schneller und machten alles schwerfälliger und einige schlichen sich zu jeder Gelegenheit, die sie erwischten, fort, saßen rum und legten die Stirn in Falten und einige verbrachten die ganze Zeit damit, auszubaldowern, wie sie nur ein einziges Mal abhauen und sich mächtig betrinken konnten. Aber für George gab es nur eine Sache, die er wollte und brauchte, und er fing an, an Anna zu denken, an Anna zu denken, wie er es nie zuvor getan hatte, soviel an Anna zu denken, daß er sie fast riechen konnte, wie sie war, warm.

Und es gab nichts, was er dabei hätte tun können, das war das Schlimmste. Was er dann tat, war so schlimm wie nichts, was er jemals getan hatte, weil er es nie vorher getan hatte, er entschloß sich, einen Brief zu schreiben. Es muß vier Tage gedauert haben, bis er den Brief geschrieben hatte und die meiste Zeit war es nur dasitzen und auf das Papier starren. Dann schrieb er seinen Brief und das war es, und dadurch fühlte er sich auch nicht besser, aber es war alles, so dachte er, was er tun konnte und er tat es und es gab nichts mehr, was er tun konnte. Und niemand sonst wußte, wie er sich fühlte. Er war nie gesprächig gewesen. Als sich jemand mit ihm über das Zurückverschiffen unterhielt, lächelte er nur. Ich schätze, keiner wußte wirklich überhaupt etwas.

Dann ließen sie ihn eines Tages zu diesem Doktor rufen, diesen Oberst. Und er ging hin und das ist, wo ich diese Geschichte anfing. Phil sagte, ich könnte an jeder Stelle anfangen, solange ich erklärte, was ich sagte.

Na, der gute alte George ging wieder zurück in die Staaten und er verstummte, wie er es noch nie vorher in seinem Leben gemacht hatte und wenn man dem auf den Grund geht, ist es eine gute Idee, daß sich niemand um ihn kümmerte, nachdem sie ihn einmal in dieses Loch gesteckt hatten. Denn er war tief unten drin zuerst wahnsinnig wütend. Nicht wahnsinnig, wahnsinnig wütend, das ist ein großer Unterschied. Also wenn einer ihm zugesetzt hätte, als er sich so fühlte, er wäre einfach stur geblieben, hätte vielleicht noch mehr gekämpft. Aber wahnsinnig wütend sein ist wie ein Feuer, man schließt es lange genug allein ein, dann ist es nur natürlich, daß es ausgeht.

Eines Tages also ging die Tür auf und der Wächter ließ diesen Doktor rein, nur war er einfach ein Feldwebel und nicht sehr groß. Größer als Onkel Jim, aber nicht sehr groß. Und er hatte schwarzes buschiges Haar und eine Brille und er sagte sofort, er wäre ein Arzt, gut, aber nenn ihn Phil und wie es ihm ginge.

Und George hätte ihn in zwei Stücke über seinem Knie brechen können oder ihn wie eine Klapperschlange packen können, wenn man ihr das Genick brechen will und keinen Stock hat, aber Phil winkte den Wächter einfach hinaus und der Wächter schloß ihn ein und Phil setzte sich neben ihn aufs Bett und bot ihm Zigaretten an, obwohl George Smith nie rauchte, wünschte er, er würde es tun.

Also rauchte Phil und hielt seinen Mund und George Smith fing an, sich wohler zu fühlen und schließlich fragte ihn Phil, was er sich am meisten wünschte und George sagte Raus. Und Phil fragte Warum. Und George war darüber erstaunt, aber wenn es auch eine dumme Frage war, Phil sah nicht dumm aus. Also sagte George Um zu seinem Mädchen zurückzukehren und zu heiraten. Denn George wußte, vorallem mußte er nahe bei Anna sein, sie wußte, was mit ihm los war und sie mochte es auch und niemand sonst würde es mögen. Und er wollte die Armee auf keinen Fall mehr, nicht nach diesen Rollstuhlfällen.

Dann sagte ihm Phil, er könnte gehen, aber er müßte das tun, was Phil ihm sagte. Und George Smith, er war bereit, die Wand hochzuklettern und von der Decke zu hängen, wenn Phil es ihm sagte. Ich muß hier sagen, daß ich Phil traue. Er will, daß ich rauskomme, davon bin ich überzeugt. Ich denke auch, daß er will, daß dieses Schreiben von mir nichts als die Wahrheit sein soll. Er hat nichts zu verkaufen, nichts an mich oder jemand anderes, der das hier liest. Ich wollte das zuerst nicht glauben, aber jetzt glaub ichs.

Er sagte mir also, daß ich meine Lebensgeschichte schreiben soll und ich sagte, ich wüßte nicht, wie oder auch wo ich anzufangen hätte und er sagte, fang irgendwo an, aber denk daran, daß du alles erklärst. Er sagte wie im Film oder im Comic, wo sie damit anfangen, daß ein Kerl ein alter Mann ist und zurückgehen, was früher geschah, wenn ich wollte, solange ich nur einfach alles Wichtige niederschrieb, daß er mich besser verstehen könnte. Und er sagte, wenn ich Ärger mit dem Anfang hätte, dann schreib es über jemand anderes, weil, sagte er, das ist eine gute Methode, von sich selber Abstand zu halten, man erinnert sich besser. Nachdem er also gegangen war, fing ich an damit, ich erfand den Namen George Smith und er hat recht. Ich schrieb den ganzen übrigen Tag und von da an machte ich nichts anderes als schreiben, solange es noch irgendwie hell war und er kam noch zweimal zurück, aber ich war noch nicht fertig.

Das ist also die Geschichte und es ist alles wahr und es ist alles, woran ich mich erinnern kann. Ich habe das Beste getan, was ich tun konnte. Ich weiß nicht, warum ich hier bin oder warum ich hierher zurückverschifft wurde in diese Klapsmühle anstatt rausgeschmissen zu werden, nur weil ich einen Offizier geschlagen habe. Ich bin nicht verrückt, jeder der das denkt, ist es selbst. Alles was ich will ist raus. Ich will raus aus dem hier und ich will raus aus der Armee. Ich habe genug davon. Alles was ich will, ist zu meinem Mädchen zurückzugehen, wir werden heiraten und dort leben oder woanders eine Farm betreiben. Oder einen Laden.

Hier ist noch ein Brief, bei dem der Briefkopf fehlt.

Looneybin Lane PRIV.
Orgonia, Ore.* 26. Febr.

Lieber Phil, verdammt noch mal,
Trotz allem, was ich zu tun habe, habe ich hier gesessen, auf der Unterlippe gekaut und mir überlegt, was ich Dir sagen soll. Ich werde Dir gleich zu Beginn erzählen, daß ich eine Mordswut auf Dich hatte, als ich das Bündel Papier von Dir bekam und feststellte, daß es nicht der Sonntags-*Chronicle* zusammen mit dem Frühjahrsmodeteil war. Und ich nehme an, ich bin es noch. Und ich fing an mit dem Gefühl, daß »George Smith« aus Deinem Wahnsinnsmotel geworfen werden sollte, und ich schloß mit dem gleichen Gefühl. Aber Du bringst mich zum Lachen.
Aber natürlich, Du stinkender Psychologe Du. Was Du mir auch darüber gesagt hättest, ich hätte Dir deswegen auf die Augendeckel gespuckt, nach der ganzen Zeit. Wenn ich überhaupt über Dich und »George« nachgedacht habe, dachte ich, keine Nachrichten sind gute Nachrichten, und Du hättest der Sache ein Ende bereitet. Dann schickst Du mir diese Autobiographie mit überhaupt keinem Kommentar, einfach *nichts*.
So kläglich, es ist zum Lachen. Ich weiß, worauf Du aus bist. Du willst, daß ich reagiere, d. h. denke. Nun weißt Du verdammt gut, daß ein Verwaltungsbeamter noch weniger Zeit hat zu denken als er Zeit hat, durch so ein Testament zu pflügen. Du kennst mich außerdem gut genug, um zu wissen, daß ich es durchblättern und hängenbleiben würde und dann zurückgehen und neu anfangen und mir jedes Wort ansehen würde. Und beeindruckt sein

* dt. – Irrenasylpfad, Orgonien.

würde von der Anstrengung, die hineingeflossen ist, die Tatsache nicht ausgeschlossen, daß Du das alles in die Schreibmaschine gehackt hast. (Was ist los – hast Du nicht genug Arbeit?) (Ernsthaft, Phil, ich weiß, daß Du es getan hast anstatt zu schlafen und laß das: ich brauche Dich. Du wirst Dich selbst noch umbringen.)

Nun zur Biographie. Ich bin zweifellos viel mehr beeindruckt von ihrem erschütternden Grauen als ein abgehärteter Charakter wie Du. Ich bin weiterhin beeindruckt von der Ausdrucksfähigkeit dieses jungen Kerls. Ich weiß nicht, wie ein drittklassiger Englischlehrer einige seiner Sätze grammatisch zerlegen würde (wie seine Beschreibung von dem verwitterten Holzknorren in der Bootswand »... man sieht solche Sachen manchmal, und, obwohl sie sich nicht bewegen, hört dein Auge nicht auf hinein und heraus und rundum und wieder zurückzuwandern. Es gibt zwei solche Haarspiralen auf Katzenbuckeln.«), aber ich wußte immer *ganz* genau, was er meinte. Und abgesehen von den ein oder zwei wirklichen Einsichten, mit denen er ankommt, wie zum Beispiel dieser Diskussion über Sex und dem haargenauen, fast delikaten Trennungsstrich, den er zwischen Befriedigen und Erleichtern zieht, bin ich beeindruckt von der *Ganzheit* seiner Geschichte. Für dies voreingenomme Auge hat er nichts von Bedeutung ausgelassen, sein Porträt von sich selbst ist dicht gewebt und enthält keine nennenswerten Lücken. Was er ausgelassen hat, wie die genauen Einzelheiten seiner Sextechniken mit Anna, sollte niemand außer einen schmutzigen Kliniker wie Du selbst stören, der sich nicht mit den großzügigen drei Pünktchen zufrieden gibt.

Ich glaube, es gibt eine ganze Menge versumpfter Kerle, Leute, die jedermanns geistige Gesundheitsnormen mit fliegenden Fahnen überstehen würden, die *in sich selbst* viel kränker sind als dieser Junge. Er ist einer von den wenigen menschlichen Wesen, von denen ich je gehört habe, die den Sex in einer echten natürlichen Perspektive zu sehen scheinen. Er ist übermäßig selbstvertrauend; solange er allein ist, könnte er nicht mehr verloren gehen als eine Katze verloren gehen kann. Und das zeigt auf, was meiner Ansicht nach die wirkliche Natur seiner Krankheit ist, wenn es eine ist. *Und es ist nicht seine Krankheit.*

Ich sagte oben, daß viele nachweislich gesunde Leute in sich selbst kränker sind als »George«. Wenn wir die Stirn über George runzeln können, geschieht es bei Angelegenheiten, die nicht eine Person, sondern die Leute betreffen. Kein menschliches Wesen, nicht einmal George, lebt gänzlich allein. Zwischenmenschliche Be-

ziehungen sind nicht einfach nur Spaß oder praktisch oder schicklich oder konventionell. Sie sind unbedingt notwendig, lebensnotwendig. Homo sap. ist eine voneinander abhängige Gattung. Er kann *nicht* allein leben. Und es ist einfach zu beschreiben, wie »George« mit Leuten in Beziehung steht: gar nicht.
Und doch ist es bei ihm ohne Bedeutung, glaube ich. Er fand Anna. Es hängt eine eigenartige Atmosphäre über diesem Verhältnis, aber was immer es auch ist – und ich mische mich nicht ein – es ist passend konvexkonkav, wenn Du weißt, was ich meine. Sie wirkt wie ein Mädchen, bei dem einiges fehlt, aber sie hat das, was er braucht.
Um es zusammenzufassen, ich glaube, die einzige Krankheit dieses Jungen besteht aus dem Narbengewebe einer bedauerlichen Kindheit, und sein einziges wirkliches Verbrechen besteht darin, ein Einzelgänger zu sein. Es kommt uns geselligen Seelen kriminell vor, weil wir denken, wir könnten es nicht. Es ist – na, unmodern. Es macht uns unruhig wegen einer in-den-Zellen-sitzenden Sicherheit, die wir alle haben, daß wir ohne unsere Mitmenschen nicht überleben könnten. In einer Herden-und-Horden Gesellschaft wie unserer scheint ein einsiedlerischer Zug irgendwie unmoralisch. Ts, ts.
Alles Vorangegangene (sagte er bescheiden) hat den Charakter einer angeregten Männerunterhaltung, das ist nicht mein Fachgebiet, sondern Deins. Bei all meiner Verärgerung bin ich Dir dankbar, alter Knabe, für eine faszinierende Stunde. Jetzt um Christi willen, laß ihn frei.

Immer der Deine
Al

P. S. Was in Gottes Namen glaubst Du, war in diesen Luftpostbrief, das den Major aufmerksam machte?

Hier ist der Durchschlag eines Briefs.

Lingam Lane — PRIV.
Catamite, Cal. * — 28. Febr.

Lieber Oberster von der Gehirnamputiertentruppe:
Erfreut über Deinen Brief, Deine Weisheit, Deine Einsicht, Deinen Scharfsinn. Du irrst Dich.

* Lingapfad, Lustknabe.

1) Es *gibt* nennenswerte Lücken in »Georges« Erzählung und:

2) Sein Verhältnis zum Sex ist nicht natürlich.

Da ich das mit solcher Bestimmtheit gesagt habe, muß ich ehrlich sein und sagen, bei Punkt 1, daß ich nicht weiß, was es für Lücken sind, nur wo sie sind. Zu Punkt 2, ich glaube nicht, daß sein sexuelles Verhalten natürlich ist, aber ich behaupte auch nicht, daß es unnatürlich ist. Das ist kein Jonglieren mit akzeptierten Normen, die, wie Du weißt, an manchen Stellen ganz schön sonderbar sind. Es ist einfach, daß ich nicht weiß, wie das Grundmuster seines Sexverhaltens aussieht, ich bin nur sicher, daß sich eine Untersuchung lohnen wird.

Wie Du bin auch ich mit mehreren tausend anderen Sachen beschäftigt gewesen, während dies alles vor sich ging, und ich muß Dich daran erinnern, daß dieser Briefwechsel in all diesen Wochen nur aus seiner freiwilligen Lebensgeschichte und unserer Auswertung herrührt. Ich glaube, es ist an der Zeit, daß ich wirklich Zeit für ihn einplane und anfange zu graben. Ich laß Dich wissen, was geschieht. Noch einmal vielen Dank für einen großartigen Brief.

Alles Gute
Phil

Hier ist ein Brief.

Verwaltungsbüro
Feldlazarett OK — PRIV.
Portland, Oregon — 2. März

Phil,

Ich sage das so freundlich wie möglich. Freundschaft und privater Briefwechsel, als Faktoren *alpha* und *beta*, sind wünschenswert, solange sie nicht mit *gamma*, das ist die Arbeit, in Konflikt geraten. *Alpha* und *beta* sind absolut wundervoll, wenn sie bei der Arbeit helfen. Aber wenn *gamma* vernachlässigt oder verlangsamt wird, wird *beta* verschwinden müssen und falls notwendig *alpha*. Weil *gamma*, alter Knabe, größer ist als wir beide. Ich nehme griechische Buchstaben, weil Du ein Intellektueller bist und ich Dich nicht mit dem ABC langweilen will, aber, Phil, es ist wirklich so einfach.

Ich kann sagen, daß ich befürchte, daß Du so hart gearbeitet hast (und gut, füge ich aufrichtig hinzu), daß Deine Urteilskraft schwindet. Und/oder ich kann annehmen, daß Deine wirklich

bewundernswerte Hauptbeschäftigung mit Deinem Spezialfach Dich Feinheiten in einer Zeit nachjagen läßt, in der sich Grobkies vor Dir auftürmt. Das trägt zu Deinem persönlichen Verdienst bei, ist aber nicht gut für den Laden. Ich kann sogar zugestehen, daß Du bei diesem Patienten recht hast, muß aber trotzdem darauf bestehen, daß man, auch wenn er schief liegt, noch lange keine Murmel rollen lassen muß; schieb ihn zur Seite und vergiß ihn. Oder wenn Du mußt, bleib ihm auf der Spur und bringe ihm Aspirin, wenn Du zum Zivilisten graduierst.
Oder schließlich kann ich sagen, und Du weißt verdammt gut, daß ich es tun werde, wenn ich muß, daß Sie meine Befehle entgegennehmen müssen, Feldwebel Outerbridge, sogar wenn Sie wissen, daß ich im Unrecht bin. Sogar wenn Sie wissen, daß ich weiß, daß ich im Unrecht bin.
Trau mir die Mühe buchstäblich über und unter dem Ruf der Pflicht wegen oben erwähntem *alpha* zu. Es würde mich tief treffen, es zu verlieren.

Noch Dein Freund
Al

Hier ist der Durchschlag eines Briefes.

Kriegslazarett 2
Smithton Township, Cal. PRIV.
Stabsbüro 4. März

Herrrrr Oberst!
Ich weiche vor höheren Nummern zurück. Und vor Adlern. Ich entwerfe seit obengenanntem Datum, wie befohlen, eine vernünftig klingende Diagnose. Es tut mir leid, daß Du deswegen mufflig werden mußtest, Al. Ich kann verstehen, warum, aber ich muß sagen, daß es mir leid tut, daß es soweit kam. Na gut. Das alte Alpha kann's vertragen, nehme ich an.
Während ich summe (und von Schneckentempo kann keine Rede sein, mein Herr), hast Du hier was zum Kauen während Deiner Mußestunden: Warum genau explodierte der dicht gewebte, bewundernswert porträtierte GI, als der Major ihm diese spezifische Frage stellte?

Dein sehr ergebener
Phil

Hier ist die Antwort:

Sime plice PRIV.
Sime stite.* 13. März

Phil, Du Hund,
Du hast die übelste Methode, lebende Ameisen unter den Skalp eines Mannes krabbeln zu lassen. Abgesehen von der Tatsache, daß ich keine Mußestunden habe, was Du weißt, habe ich mich entschlossen, sie nicht auf solche unfruchtbaren Probleme zu verschwenden. Nach vier Tagen ärgerte es mich so, daß ich »Smiths« Manuskript ausgrub, um genau herauszufinden, was es war, das ihn der Major gefragt hatte, als er hochging. Es war, und ich zitiere: »›Warum jagen Sie, George? Ich meine, was genau springt für Sie dabei heraus?‹« Und dann peng.
Noch zwei weitere Tage entschloß ich mich ziemlich oft, es zu vergessen. Jetzt also, nicht daß es etwas ausmacht, aber einfach um des Friedens, Friedens, lieben leidenden Friedens willen: Herr Knochenmann, *warum* explodierte der gute Mann?
Nicht, daß es wirklich etwas ausmacht. Du brauchst es nicht zu beantworten.

AL

Ein Durchschlag:

Higgly Hatch PRIV.
Covercrotch, Kal.** 15. März

Ich weißnich, Al.
Soll ich ihn fragen?

Phil

Ein Brief:

Kriegslazarett OK PRIV.
Ptlnd, Ore. 16. März

Nein!

A. W.

* Selber Ort.
Selber Staat.

** Feilscherfolg.
Deckgabelung.

Ein Telegramm:

FELDWEBEL PHILIP OUTERBRIDGE
KRIEGSLAZARETT 2
SMITHTON TOWNSHIP CAL 16 MÄRZ 18.12 UHR

ALSO FRAG IHN.

Al

Ein anderes Telegramm:

FELDWEBEL PHILIP OUTERBRIDGE
KRIEGSLAZARETT 2
SMITHTON TOWNSHIP CAL 16 MÄRZ 18.21 UHR

NIMM WÄCHTER MIT DAS IST EIN BEFEHL

OBERST ALBERT WILLIAMS

Vultures Vestry
Luna Park, Cal.*

PRIV.
17. März, bei Gott

Lieber Al,
Dein zweites Telegramm gestern abend hat mich wirklich verletzt. Stell Dir vor, es ist das erste Mal, daß Du tatsächlich mir gegenüber Deine Stellung herausgekehrt hast, und da bin ich verletzt.
Tatsächlich hat mich Deine Kommandierhaltung der letzten Zeit so gedemütigt, daß ich beim Erhalt Deines ersten Telegramms schon lossprang, um zu gehorchen, und das zweite, herzerwärmende nicht erhielt, bevor ich wieder die Treppe herunterkam.
Die Arbeit an der schlauen, wissenswerten Diagnose und der ärztlichen Entlassungsempfehlung schreitet geschwind voran, und ich nehme an, daß wir sie in den nächsten paar Stunden, oder sagen wir vierundzwanzig Stunden, abgeschlossen haben.

Immer der Deine
Phil

P. S. Ach sicher, un' Du wirst wiss'n woll'n, was der Mann sagte (der 17. März katapultiert mich immer direkt ins Irische). Er sagte – und mit perfekter Ruhe, Herr Oberst: er traut mir, weißt Du, was er nicht tun wird, wenn (so Gott will) ich meine

* Aasgeierversammlung.
Irrenpark.

Silberstreifen bekomme, was ungefähr zu der Zeit geschehen wird, wenn er von hier weggeht. Mann, es sieht aus, als hätte ich mein halbes Leben auf diese Ernennung warten müssen. Sag, Al, werde ich mich, wenn ich die Abzeichen eines bescheidenen Hauptmanns bekomme, genauso gut fühlen wie Du, als Du Deine hochfliegenden Adler bekamst? ... Aber ich schweife ab. Der Mann sagte, als ich ihn fragte, warum er hochgegangen wäre, als ihn der Major fragte, was für ihn bei der Kleinwildjagd herausspringen würde – Du erinnerst Dich sicher, er behauptete in seinem Manuskript, daß er das Töten um des Tötenswillen ablehne, also war es nicht das, und was das Offensichtliche betrifft, glaube ich nicht, daß er auch nur einmal Hunger in Verbindung mit Jagen erwähnt; außerdem kam er oft monate- und sogar jahrelang ohne den leisesten Wunsch zu jagen aus; auf jeden Fall, was er antwortete, war einfach, daß er hochging, weil er dachte, der Major hätte herausgefunden, was es war. Als ich ihn fragte, warum ihm das Sorge hätte bereiten müssen, erklärte er mir sorgfältig, daß er nie auf den Major wütend gewesen wäre; der Major wäre ein netter Mann, er wäre auf sich selbst wütend gewesen, weil er sich verraten hätte. Die MPs packten ihn, als er wütend war, daher das wüste Volksfest. Bei Gott. Der Major legte sich tüchtig ins Zeug, um zu helfen, und kam mit seiner Nase in die Quere.
Er bestätigte, daß nichts passiert wäre, wenn ihn niemand gepackt hätte, außer seiner zerschnittenen Hand, als er das Wasserglas zerquetschte.
Ich hoffe, das beantwortet Deine Frage, Al. Friede, Friede, lieber leidender Friede. Er wird ein Zivilist sein, ehe der Tau den Goldklee tränkt oder kurz danach.

P. O.

Kriegslazarett OK — PRIV.
Portland, Ore. — 19. März

Lieber Phil,
Ich sehe, worauf Du hinauswillst. Bis zu einem gewissen Grad. Es gibt eine Unterscheidung zwischen absolutem und impliziten Gehorsam, immer wieder entdeckt und neu entdeckt bei den Mannschaften und dazu benützt, den Offizieren Ameisen in die Hosen zu setzen. Bei all Deinem sorglosen Plaudern (Du siehst, ich bin auch nicht immun gegen Päderick) blutet Dir immer noch das Herz, weil ich meine Stellung Dir gegenüber herausgekehrt habe. Ich kann sogar sehen, wie Du mich hintenrum dazu gebracht hast,

daß ich gerade diese Frage (warum »George« an die Decke ging) stellte, während es vollkommen klar war, daß ich an der gleichen Sache wie der Major interessiert war: was gibt ihm den Antrieb zur Jagd, wenn es nicht das Töten oder der Hunger ist?
Wenn er noch da ist, wenn Du diesen Brief bekommst, sieh zu, ob du es herausfinden kannst.
Und schau – nur um all Deinen neuronenfischenden Marionettenpossen zuvorzukommen, laß uns dieses explizite-Antwort-auf-explizite-Frage-Spiel aufgeben. Wenn Du eine Antwort auf diese Frage bekommst, dann gib sie mir nicht mit einem Aufhänger dran für die nächste.
O Himmelherrgottsakrament, Phil. Du bist darauf versessen, nicht wahr? Wenn ich Dir nicht Deinen Kopf lasse mit diesem Patienten, wirst Du mich zu Tod quälen mit Deinen ausgetüftelten kleinen Kniffen und Knüffen. Und Du weißt verdammt gut, daß ich Dich brauche, wo Du bist, und daß Du so schwer wie möglich schuftest, was, wie ich schließe, man ›glücklich arbeiten‹ nennt. Meine Alternative ist, Dich ins Loch zu stecken oder Dich zu versetzen, und Du weißt, ich kann es nicht.
Okay dann, fang an. Aber zähl alles was Du kannst, zusammen. Entweder bekomm Ergebnisse mit ihm oder feure ihn.
Es ist Dein Glück, daß wir Freunde sind. Es ist mein Glück, daß Du weißt, wie Du Deine Falle geschlossen hälst. Was unseren ›Naturburschen‹ angeht, glaube ich immer noch, daß Du unrecht hast. Beeil Dich und beweis es.

Al

The Happy Hutch PRIV.
Far Out, Cal. * 21. März

Lieber Al,
Gott segne Dich, Junge! Ich habe alles schon zusammengestellt – Thematic Apperception Test, Rorschach, Projizieren der Persönlichkeit von Profil bis Patagonien. Was die andere Arbeit anbelangt, Kamerad, so hast Du Dir einen Dynamo angeschafft. Du hast noch nie ein so schnelles Vorgehen erlebt, wie Du es jetzt sehen wirst. Danke, danke, danke und frag mich nie, ob ich wirklich eine Entlassung vorbereitet habe für »George«.

Dankbar
Phil

* Die glückliche Hütte.
Weit draußen.

Schizoid Centre — PRIV.
Splitconk, Ore.* — 23. März

Lieber Phil,
Dank mir nicht, Freund; und mach Dir keine Sorgen, ich werd Dich nicht fragen, ob Du wirklich eine Entlassung ›in Arbeit‹ hattest. Du hast Deinen lieben alten Oberst vollständig untertänig und unter Deinem Daumen und gewillt, alles zu tun, um Dir beizustehen. Gleichermaßen werde ich Deine Ernennung zurückhalten, bis Du ganz fertig bist mit Deinem schriftstellernden Schützling, also wird es ihn nicht aufregen können, daß Du ein Offizier bist. Ein schwieriger Fall, Phil, aber ich werde mit Dir mithalten, und wenn es Jahre dauern sollte.

Herzlichst
Al

Hier ist ein Blatt mit Therapienotizen, aus der Kurzschrift übertragen. Q = Therapeut, A = Patient. Alle Notizen beziehen sich auf den Fall AX 544.

25. März
Vormittag: 3 Stunden

Q. Morgen, George.
A. Wer – ich? George? (Liegt auf der Pritsche. Setzt sich.)
Q. (Schulterzucken!) Ein guter Name. Du hast ihn ausgewählt.
A. (Nickt.) Was ich geschrieben habe ... Es hilft?
Q. Hilft?
A. Um mich hier herauszubringen.
Q. Es hilft wie ein Ziegelstein, George, wenn man etwas baut. Teil von einer ganzen Menge Sachen.
A. Das ganze Zeug. Ein Ziegelstein.
Q. Das waren zwei ganze Lastwagenladungen, George. Das war eine gute Arbeit.
A. (Legt sich. Scheint verärgert. Beobachtet Q, Augen schmal, Atmung langsam.)
Q. (Wendet sich ab. Geht zum Fenster. Stopft langsam Pfeife. Zündet an. Dreht sich um. A schaut jetzt unbestimmt zur Decke, ohne sie zu sehen.) Es braucht eine Menge Ziegelsteine. Aber es ist der einzige Weg.

* Schizoidenzentrum.
Spaltkopf.

A. Okay.
Q. Kein rein und raus diesmal, George. Ich bin bis zur Mittagszeit hier. (Pause.) Wenn du willst.
A. (Zuckt leicht mit den Schultern.)
Q. Willst dich dann an die Arbeit machen?
A. Was zu tun?
Q. Was ich hauptsächlich machen muß, ist dich richtig gut kennenzulernen.
A. Fragen stellen.
Q. Das ist ein Weg.
A. Der verdammte Major hat mich hierher gebracht. ... Er stellt zuviele Fragen.
Q. (Erkennt Warnung: schnüffle nicht.) Okay. Versuchen wir mal das, George. (Fängt an, Wechslertest auf dem Tisch auszubreiten. Neugierig geworden steht George auf.)

Der Wechsler-Standardtest der Armee besteht aus zehn Arten von Fragen, manche erfordern guten Sprachgebrauch, andere leichte mathematische Manipulationen, noch andere das Lösen von einfachen Bilderrätseln. Es ist ein Standardintelligenztest, der kaum heftige Reaktionen auslöst.

Q. (Mehr als eine Stunde später, halb durch die Tests.) Du sprichst nicht viel, George, nicht wahr? Was ist los: alle Worte beim Schreiben aufgebraucht?
A. (Gleitet von Passivität zu Mürrischkeit.) Hab noch nie viel gesprochen ... Hör auf, mich George zu nennen.
Q. Okay ... willst du, daß ich deinen richtigen Namen sage? (Das ist Bela – ein eindeutiger Hohn für amerikanische Jugendliche.)
A. Hölle, nein ...

(Bei der Wechsler-Skala erzielte er eine überdurchschnittliche Punktzahl, was das Verstehen von konventionellen Bedeutungen und Ideen betraf. Das heißt, er wußte, was die Leute um ihn herum von ihm erwarteten. Aber als der Test angestrengte Konzentration und abstraktes Denken von ihm verlangte, schnitt er nicht so gut ab. Er konnte seine Vorstellungen nicht auf eine komplexe Idee oder Situation anwenden. Ich schätze, daß er mit der Fähigkeit ausgestattet, aber – wenigstens im Moment – unfähig war, die Fähigkeit zu gebrauchen. Sie schien von einer anderen Aufgabe blockiert zu sein. Hier war der symbolische Wall vor dem Brief, die undurchlässigen Ventile öffnen sich einen Spalt breit, gerade genug, um eine Verbindung mit dem aufzunehmen, was unmittelbar, direkt, einfach, berührbar war.)

Q. (Schaut auf die Uhr.) Mann, du kommst aber vorwärts. Weißt du, daß wir damit schon fertig sind und noch eine ganze Stunde übrig haben? Wenn du so weitermachst ...
A. Ja? (Läßt Passivität für einen schnellen Blick zu A fallen. Sucht nach Aufrichtigkeit. Nicht an Lob gewöhnt.)
Q. Willst du weitermachen?
A. (Stumpf.) Okay. (Hier konnte man einen Unterschied in der Stumpfheit eher spüren als hören oder sehen. Dies unterscheidet sich von dem echten, ungerührten Phlegmatismus. Es war fast identisch, diente aber dazu, eine zunehmende Bewußtheit zu verbergen.)
Q. Das wird Rorschach genannt.
A. (Abwehrend.) Schock?

Der Rorschachtest besteht aus einer Gruppe von zehn standartisierten »Tintenklecksen«. (Man kann einen solchen Tintenklecks herstellen, indem man einen Tintentropfen auf Papier gibt, es durch den Klecks einmal faltet, das gefaltete Papier flachdrückt und es dann öffnet. Der Klecks ist im Aussehen unregelmäßig, aber rechts und links identisch.) Auf die zehn Rorschach-Standardkarten reagieren die meisten Leute in gewissen konventionellen Mustern. Sie sehen Menschen, Tiere, Insekten oder Pflanzen. Sie sehen Leute in traditionellen Haltungen oder Handlungen wie essen, sprechen, tanzen, gehen, lachen. Diese üblichen Reaktionen werden beim Anblick spontan von sich gegeben. Es gibt beim Anschauen der Rorschachkleckse kein »richtig« oder »falsch«. Es gibt nur ein Annähern an oder ein Entfernen von statistischen Normen.

Q. (Kichert.) Nicht »Schock«. Rorschach. Der Name von dem Typ, der's erfunden hat. Schau sie dir nur eine nach der anderen an und sag mir, was du siehst, oder wie sie aussehen oder an was sie dich erinnern.
A. (Für den Bruchteil einer Sekunde und zum ersten Mal sind die Augen ganz offen und vollkommen aufmerksam. Skandierung schnell, auf, ab, quer. Dann senken sich die Lider wieder halb wie gewöhnlich, der nachfolgende Blick ist unverwandt und träg. Diese spezielle Karte wird gewöhnlich von Männern seines Alters als zwei Figuren gesehen, die um einen überwucherten Baum tanzen.) Das ist, wie zwei

Kerle ein Tier zerquetschen, dran ziehen oder es vielleicht ersticken. Es hat noch nicht geblutet, aber es wird bald bluten. Das ist das Loch von dem Tier. (Deutet auf einen roten Fleck auf der Karte.)

Q. (Gebraucht impulsiv eine Technik, die bei einem anderen Test angewandt wird.) Warum tun sie das?

A. (Zieht sich sofort zurück, verschweigend, verschlossen.) Sie tun es einfach.

Q. (Eine andere Karte, meist als zwei Tiere gesehen, die einen Berg hinaufkriechen.) Was ist mit der?

A. (Sofortige Antwort.) Das ist eine Titte. Zwei Drachen wollten sie, aber sie haben sie ganz kaputt gemacht, sie haben sie ganz zerrissen. Jetzt sind sie ganz verrückt, sie fallen über sie her.

Q. Versuch das hier. (Gewöhnlich als großer Schmetterling gesehen.)

A. Sind wie Tiere, die den Körper von jemand auseinanderreißen. Bösartige Tiere. Das ist das Rückgrat von dem Mädchen und ihr Loch. Sie ist in zwei Hälften geschnitten. Es ist rot innen. (Atmung vielleicht tiefer, aber langsam, Augen halb gesenkt, Nasenlöcher wiederholt geweitet.)

Q. Das hier?

A. Oh, das ist jemand, der eine doppelte Baumfalle gebaut hat, wumm, sie hat zwei Tiere erwischt, Murmeltiere vielleicht oder Waschbären, beide zusammen, zerquetscht.

Q. Und das hier?

A. Der Bauch von einer Frau ist aufgeplatzt. Ein Baby war drin, hat's aufplatzen lassen. Aber das Baby ist auch aufgeplatzt, siehst du es hier?

Q. (Sammelt die Karten auf. A beobachtet ihn versunken.)

A. (Als ob er die ganze Zeit darüber nachgedacht hätte.) Phil?

Q. ?

A. Du kannst mich George nennen, wenn du willst.

Q. Alles, wie du willst ... Wir sind ein gutes Stück vorwärtsgekommen. Du bist richtig gut jetzt. Willst du noch ein paar versuchen, ein paar andere, vielleicht bald? Nicht jetzt, es ist schon Mittag.

A. (Stumpf.) Okay.

Q. (Klopft nach der Wache.)

Ende der Sitzung.

Kommentar: George hat eine seltsame Eigenschaft, die ich etwas ungenau Nicht-Schuld nenne. Sie ist ungenau, weil er sich völlig über gut und böse, wie es andere Leute beurteilen, im Klaren ist, aber er scheint mit diesem Sinn für verdiente Strafe, wie sie die meisten aus einer jüdisch-christlichen Grundsubstanz wie unserer genährten Leute quält, überhaupt nicht belastet zu sein. Ein extremes Beispiel ist der Mensch, der von biblischen Zeiten bis heute so beschrieben wird: der, wenn er sich verletzt oder in Not gerät, sofort schließt, daß dies die Bestrafung für eine Übertretung ist, sei sie bekannt oder unbekannt. Der Schrei »Was habe ich getan, um das zu verdienen?« scheint »Ich habe nichts getan, womit ich das verdiene!« auszudrücken; tatsächlich heißt er in vielen oder den meisten Fällen »Für welche meiner Sünden werde ich bestraft?«

In Georges Fall fühlte ich – fast intuitiv –, daß es in ihm kein *quid pro quo* Bewußtsein gibt, Strafe für Verbrechen. Strafe kennt er, die Haltung anderer Leute zum Verbrechen kennt er. Aber er scheint die Haltung einfach nicht zu teilen. Ein banaler Vergleich wären zwei Personen, eine, die in Musik aufgeht und von ihr getragen wird, die andere gänzlich ohne musikalisches Gehör und arhythmisch. Die letztere erkennt, daß die erstere etwas erlebt, kann aber nicht wissen, was es war, noch wie man es fühlt. George scheint in diesem Sinn »tonunempfindlich« für ein ganzes Spektrum von Gefühlen zu sein, die normalerweise von allen Leuten geteilt werden – Mitleidensvermögen bei einem sterbenden Tier, Empfindlichkeit in bezug auf Schmerz, Blut, Verletzung oder Ungerechtigkeit: eine Schutzschicht, über Jahre hinweg aufgebaut und anscheinend nur einmal durchdrungen, als er die Verwundeten sah. Gewiß könnte ein Großteil davon mit seiner scheußlichen Kindheit erklärt werden, wo die Strafe ohne Sinn und Zweck erfolgte, während kindliches Fehlbetragen wie den Mahlzeiten fern- oder über Nacht wegbleiben, Stehlen, Frechheit und Ungehorsam sehr oft übersehen wurden. Strafe folgte in Georges Kosmos nicht unbedingt auf Übeltat, jedoch kam die Strafe unvermeidlich, Übeltat oder keine.

Ich habe eine ganze Menge Gefangener gesehen, die, obwohl sie sich alle über ungerechte Behandlung beklagten, wirklich fühlten, daß sie zu Recht gefangen und gerecht bestraft worden waren. Eine ganze Menge fühlten oder sagten, daß sie fühlten, daß die Strafe zu hoch war; wirklich wenige fühlten, daß sie überhaupt nicht bestraft werden sollten. Sogar einige unschuldige Gefangene – das heißt unschuldig an dem Verbrechen, für das sie

verurteilt worden waren, haben eine leise Ahnung, daß sie für *etwas* bezahlen. Aber Georges Gefühl über lange Gefangenschaft, die seinem Angriff auf den Major folgte, war zum größten Teil das, was auch ich hätte, wenn ich beim Überqueren eines Feldes einbrechen und in eine riesengroße labyrintische Höhle fallen würde. Ich glaube nicht, daß ich das Gefühl hätte, ich verdiente das. Ich würde mir wünschen, einen Weg hinaus zu finden, und wenn ich ihn nicht fände, sondern einen Mann träfe, der mir sagte, er kenne den Weg, würde ich ihm folgen. Und wenn ich entdeckte, während wir fortwandern, daß es weder Stunden noch Tage, sondern Wochen und sogar Monate dauern würde, bevor wir hinauskämen, würde ich mich, glaube ich, bei der ganzen Angelegenheit so fühlen, wie George sich jetzt fühlt.
Wie konnte ein solches Wesen wie George überhaupt eine nennenswert lange Zeit in einer modernen Gesellschaft existieren? Wie konnte er, wenn er so wenig Begriff von Gesetz und Eigentum, von Wechselseitigkeit und Konsequenz hat, sich auch nur einen Tag lang aus Schwierigkeiten heraushalten?
Das Geheimnis lichtete sich ein wenig, wenn man es durchdenkt. George war zu einem von zwei Umweltpolen getrieben. – Die vollkommene Freizügigkeit der draußen frei Herumstreifenden, deren Gesetze unparteiisch sind und klar verstanden werden, sei es das Gesetz der Schwerkraft oder die Kraft eines Hiebes, die ein Birkenschößling erbrachte, oder der andere Pol, die Welt des Waisenhauses und der Armee, wo starre Paragraphenreiterei den Weg hin und her lenken mit der Starrheit von Gehege und Wassergraben. Eine Kuh kann parallel zum Zaun laufen, sie kann nicht im rechten Winkel zum und in den Zaun laufen. George hatte sich das Armeesprichwort zu Herzen genommen. »Tu was dir gesagt wird, und melde dich nie freiwillig.« Und die Bahnen waren ohne Anstrengung begehbar und unmerklich für die Gehorsamen, die ohne Fragen oder bewußte Entscheidung hier schliefen, da sich wuschen, dort aßen und warteten.
Das Gebiet, was mich bis jetzt noch vollkommen verblüfft, ist das sexuelle. Al Williams nennt Georges sexuelles Verhalten ›natürlich‹, ich verneinte das und kann immer noch nicht sagen, warum. Al begründet das damit, daß George ohne Scham, falsche Bescheidenheit, Unaufrichtigkeit oder Heuchelei wäre, weil er seine Ansichten so klar in seinem außergewöhnlichen Bericht erklärt. Er hat sich mühsam auf einem Weg von unanfechtbarer Logik entlanggeschleppt und sich mit gewissen Wahrheiten zufriedengegeben, daß die Menschheit unbedingt unfähig ist, subjektiv zu

akzeptieren, daß Erektion, Orgasmus und Ejakulation bei einem Kaninchen genauso möglich sind wie bei einem Menschen und daß sie beim Menschen nicht erhabener sind, daß diese Phänomene nicht genährt werden müssen, weil sie, eine Chance eingeräumt, automatisch und unhaltbar sind; und wenn es sinnlos ist, sie zu nähren, ist es noch sinnloser, sie zu unterdrücken. Das nennt Al ›natürlich‹, nun, um Georges eigenen Vergleich zu gebrauchen, es ist genauso natürlich wie bei einem Kaninchen. Die großen Komplikationen beim Sex, die in Wellen kommen und gehen und die die Gedanken, Sprache und Werke der Menschen beflecken, sind für George unbegreiflich und, wenn er sich nicht umschaut, außerhalb Als Blickwinkel.

Der Schluß, daß die außergewöhnliche Bestialität von Georges Rorschach-Reaktionen sexueller Natur seien, scheint zuerst ein unvermeidlicher Schluß. Außergewöhnlich ist kaum das Wort dafür; ich habe über tausend Rorschachtests durchgeführt und habe alles gelesen, was ich über die Technik und Interpretation dieses Hilfsmittels finden konnte, und ich habe nie von etwas Ähnlichem wie Georges konsequenten blutigen Verbildlichungen gehört. Nicht bei Rorschachtests, aber bei – ja, ganz sicher bei Tiefenpsychologie. Aber es wird ohne Ausnahme gründlich versteckt gefunden und kommt fast nie direkt zum Vorschein, sondern symbolisch.

Nach Georges Biographie ist Anna die einzige Frau, die er jemals kannte – und ich glaube das. Das Wenige, was er über ihre Beziehung verlauten läßt, ist unklar. Sie war anscheinend die Verführerin. George sagte mehr als einmal, daß er tat, was sie wollte. Er macht dann unklare Anspielungen, daß auch er tat, was er wollte, während sie versuchte, ihn daran zu hindern und es erst dann erlaubte, als sie sich sicher bei ihm fühlte.

Sicher bei ihm!

Was ist sicher bei ihm? Wer?

Ich?

Nun, wir werden mehr arbeiten müssen, mehr lernen müssen. Gewalttätigkeitsfantasien symbolisieren manchmal Sex; sexuelle Symbole (und sexuelle Akte) symbolisieren und drücken oft Gewalt aus. Irgendwo in diesem Gebiet könnte theoretischer Raum sein für die unglaublich gewalttätigen, oft genitalen und doch im Grund genommen asexuellen Fantasien aus Georges Rorschachtest.

Zusammenfassung: 3. April
Zwei weitere lange Sitzungen mit George ...

(... es ist interessant, hier den Wink einzufügen, daß Feldwebel Outerbridge immer noch zu dem kämpfenden Personal eines überbelegten, unterbesetzten neuropsychiatrischen Militärkrankenhauses gehörte, daß er eine ungeheure Last trug, zu unmöglichen Zeiten arbeitete. Die Tatsache, daß er sechs Stunden davon für George übrig hatte, und der Mangel an Klagen von Oberst Williams bezeugen seine Hingabe und übermenschliche Energie.)

... hatten den Bewegungskoordinatentest, das Hauszeichnen, das menschliche-Figurenzeichnen und den Thematic Apperception Test zum Inhalt gehabt.
Die Bewegungskoordination war das erste, was wir nach dem quälenden Erlebnis der Rorschachtests in Angriff nahmen. Es bestand daraus, daß er acht verschiedene geometrische Figuren, aus Kreisen, Quadraten, Wellenlinien und Punkten zusammengesetzt, abzeichnete. Er malte sie präzise, sorgfältig und planvoll und machte Korrekturen, um sie zu verbessern. Es zeigte sich, daß trotz einer starren zwanghaften Ausführung seine Bewegungsbeherrschung in guter Ordnung war und von seinen tieferen, gehüteten Gefühlen nicht leicht überrollt wurde. Während ich ihn dabei beobachtete, fühlte ich, daß ich einer Papier-und-Bleistift-Wiederholung jedes neuen Erlebnisses, das er je in überwachten Verhältnissen – dem Erziehungsheim, den Armeestützpunkten – gehabt hatte, beiwohnte. Er suchte die Wege zwischen den Zäunen, suchte eifrig nach Gebieten, in denen er, nachdem er sie kennengelernt hatte, sich frei bewegen konnte, ohne denken zu müssen. Es war leicht zu sehen, wie er sich zwei und mehr Jahre als Armeeautoschlosser hatte halten können, wenn er die meiste Zeit alleine arbeitete und bereit war, seine Hände zu gebrauchen.
Etwas ermutigt wagte ich mich ein wenig näher an den emotionalen Rand, immer unsicher, wo er anfinge, unter unseren Füßen abzubröckeln. Ich bat ihn, ein Haus zu zeichnen.
Er zeichnete ein traditionelles Haus mit einem konventionell angelegten Garten, in der künstlerischen Manier eines ängstlichen Sechsjährigen. Jedes Fenster bekam zwanzig oder mehr Unterteilungen, die Blumenbeete und drei Bäume entstanden durch kraftvolle, straffe, winzige Kritzeleien im Gegensatz zu den zarten dünnen Linien, die den Rahmen des größeren Hauses abgaben.

Zwei Sachen hoben sich grotesk ab: den Garten plazierte er in die Luft über dem ersten Stockwerk des Hauses, und er dehnte sich bis in die obere Wand des Hauses aus, und der Schornstein wurde einfach am oberen Rand seiner Zeichnung vom Papier abgeschnitten.

Es war kaum ein ausgewogenes Bild. Es bewies schlechte Perspektive und schlechte Planung. Es deutete an, daß man bei ihm kein verantwortliches Behandeln von alltäglicher Erwachsenenrealität voraussetzen durfte. Er ignorierte die Grundlagen, während er mit seinen privaten Einzelheiten beschäftigt war. Unter Zwang könnte er sich bewähren, wenn sein Leben in einfachen Bahnen verlief, aber anders könnte er Schiffbruch erleiden.

Ich atmete (verstohlen) tief ein und sagte ihm, er solle eine menschliche Figur zeichnen. Ich sagte, *eine* menschliche Figur, aber er fing an, einen Mann und eine Frau zu zeichnen, eilig, nachlässig, als ob er, nachdem er die Umrisse hatte, es nicht erwarten konnte, sie schwarz auszufüllen, was er mit schwerer Hand tat: ausgemalte schwarze Beine, Arme, Rümpfe genau bis zum Kinn, dann ein runder schwarzer Hut auf der Frau, ein eckiger schwarzer Hut auf dem Mann, dicht über ihren Augen. Verstecken, verstecken ... Angst.

Er hörte auf, und ich sagte: »Ist das alles?«

Ich sagte es so nebenbei und neutral, wie ich nur konnte, aber die schweren Lidränder zuckten auf, und er forschte eine Sekunde lang so eifrig in meinem Gesicht, wie er die Tintenkleckse überprüft hatte. Eine leichte Falte stand zwischen seinen Brauen. »Kann ich's noch mal machen?«

»Sicher.«

Er führte seinen Bleistift zum Papier, hielt ihn still und schoß wieder diesen Blick auf mich ab. Wenn ich an Telepathie glaubte, was ich ganz entschieden nicht tue, hätte ich den Empfang eines drängenden »Kann ich's sagen?« bezeugen können. Dann machte er sich an die Arbeit.

Ich dachte, während ich ihn beobachtete, darüber nach, wie die menschliche Psyche, besonders die kranke, nach Kontakt und Kommunikation schreit. Georges partielle Alexie – das Unvermögen, das gesprochene Wort zu verwenden, während er mit solcher Leichtigkeit schreiben konnte – war eine Erscheinung, die ich zuvor noch nie gesehen hatte, obwohl ich davon schon gehört hatte. Aber ich dachte an all die anderen Arten, in denen eine kranke Seele Fühler ausstreckt ... wie die Hand eines einsamen Menschen nach einem Händeschütteln ausgestreckt bleibt, verlassen und suchend, wie die Augen Entsetzen ausdrücken können, allein aus dem fast schlafenden Gesicht eines an Katatonie Erkrankten, wie strenge Kontrolle aufsteigender Tränen durch das Zittern des Kinns verraten werden. Ich war inzwischen überzeugt, daß George sich über etwas Unrechtes oder Eigenartiges bei sich selbst nicht bewußt war, jedoch war ich mir eines Etwas in ihm bewußt, das lebendig und sich völlig seiner selbst und seines Leidens bewußt war. In diesem momentanen flüchtigen Blick, wie ein abgetrenntes, empfindendes Wesen, das sich seine Augen ausgeborgt hatte, flehte es »*Kann ich es sagen?* Ich weiß es. *Ich weiß es.* Laß mich's sagen.«

George zeichnete eine männliche und eine weibliche Figur.

Waren es – *Birnen?* Ich wollte mich nicht mehr hinüberbeugen und ihn ablenken, ich blieb, wo ich war und spähte.

Nackt. Kopf und Schultern in einem, eine einzelne scharfe, enge Krümmung. Eine bloße Andeutung der Arme, vielleicht nach hinten gehalten. Schmaler Brustkorb, die Brüste der Frau durch einen bloßen W-geformten Zickzack angedeutet. Riesige, schwanger scheinende Bäuche und ein unbestimmter Schnörkel für Beine und Füße. Gerade wie zwei Birnen mit Punkt-Strich Gesichtern auf ihren hohen schmalen Kopfenden und alles andere in diese volle runde Schwellung konzentriert.

Indem er sich dicht über die Zeichnung beugte und den Bleistift mit großer Sorgfalt hielt, wieder und wieder seine starken Nasenflügel blähte, malte er peinlich genaue Brustwarzen auf das nachlässige W der Brust, einen vollkommen runden, sehr schwarzen Nabel, eine identische Öffnung unten. Dann stattete er den Mann mit einem anderen vollkommenen Kreis als Nabel aus.

Er legte den Bleistift hin und schob mir das Blatt herüber. Er hatte ganz und gar vergessen, dem Mann Sexorgane zu zeichnen. Ich machte keine Bemerkung außer zu sagen, daß es gut so wäre und meine übliche Bemerkung, wie gut er vorankäme. Der junge Mann war so ausgehungert nach Lob, daß es bei Berührung mit ihm verschwand, ohne je wieder von sich hören zu lassen.

»Man kann alle Arten von Tieren so zeichnen«, sagte er plötzlich, eins der wenigen Male, wo er etwas freiwillig tat. Er zeichnete eine ganze Reihe der Birnengestalten, dann malte er der einen lange Ohren – Kaninchen, einer anderen kurze, stachlige Ohren und einen langen, dünnen Schwanz – Opossum, runde Ohren und ein dicker Ringelschwanz – Waschbär, spitze Ohren, Schnurrhaare und ein dünnerer Schwanz – Katze und so weiter, bis er acht ver-

schiedene Zeichentiere hatte. »Siehst du?« triumphierte er nur. Er grinste sogar eine Sekunde lang; ich wünschte, er würde das öfter tun. Ein düsterer Junge insgesamt.
Ich begann, mich zu erheben und setzte mich wieder, um ihn zu beobachten, wie er zu seinen Zeichnungen zurückkehrte.
Auf jedes einzelne Tier – sie waren alle in derselben Stellung gezeichnet, von vorne, ihre fetten, runden Bäuche herausgestreckt, zeichnete er seine kleinen frechen runden Nabel.
Es war Zeit zu gehen. Ich sammelte die Blätter ein und hämmerte an die Tür nach der Wache.

9. April
Ich komme gerade von einer anderthalben Stunde Thematic Apperception zurück. Und wenn ich über die absurden Abwehrmittel, die eine Seele errichten kann, lachen könnte, würde ich mich ausschütten vor Lachen.
Georges Alexie, seine Schwierigkeit mit dem gesprochenen Wort, verschwanden wie weggezaubert beim Thematic Apperception, und als ich herausgeknobelt hatte, warum, mußte ich darüber staunen.

Der Test besteht einfach aus einer Reihe von Bildern, von der Art, wie man sie als Magazinabbildungen sieht, aber sorgfältig ausgewählt, um eine Anzahl von Kardinal- und zwischenmenschlichen Situationen darzustellen. Zum Beispiel könnte eins ein Bild von einem Mädchen sein, das in der offenen Tür eines Häuschens steht. Ein Patient sagt, daß es herauskommt, einer, daß es hineingeht, ein anderer, daß es den ganzen Tag da gestanden und auf jemand gewartet hat. Bei Gelegenheit kommt ein unerhörter Vorrat von ergänzenden Details herausgesprudelt, der Name des Mädchens, die Gegenwart oder Abwesenheit von Personen in dem Häuschen hinter ihm und seine nahe bevorstehenden Handlungen; manchmal ist der Kamm in seinem Haar oder seine »neuen Schuhe« der zentrale Faktor. Offensichtlich beziehen sich diese spontanen Geschichten und Anekdoten auf den Patienten. Häufig dienen sie als Ersatzlösungen für die eigenen Probleme eines Patienten, Lösungen, die der Patient persönlich nicht ins Auge zu fassen wagt, wie zum Beispiel ein Mädchen, das von der Unentschiedenheit gemartert wird, ob es sein Zuhause verlassen soll, auf das Bild mit einer Geschichte von einem Mädchen reagiert, das wegging und entsetzlich ermordet wurde, oder von einem Mädchen, das nicht wegging und so wahnsinnig wurde, daß es seinen Vater tötete.

Es dämmerte mir, als ich George zuhörte, wie er über die Bilder unglaublich dahinschnatterte, daß sein Wortzensor auf dem Ich-Subjekt selbst saß. Wie er in seiner Biographie vermerkte, ist es immer wahrscheinlich, daß jemand zuhört, der nicht richtig hört und einen falsch versteht. Es sah so aus, als ob er besorgt wäre, daß er auch richtig gehört würde, das heißt, sein Mund könnte etwas verraten, wenn er nicht aufpaßte. Und was verraten? Möglicherweise einige Anekdoten, von denen er fürchtet, daß er für sie bestraft werden könnte (obwohl ich genau genommen überzeugt bin, daß er keine Schuld fühlt), aber sehr viel wahrscheinlicher wollte er Gefühle und Entscheidungen und Beobachtungen verbergen, die die Aufmerksamkeit und den Spott anderer Leute wecken würden. Unfähig, wie andere Leute zu einer Bewertung zu kommen, war er unfähig, die Wirkung seiner Worte abzuschätzen, bevor er sie gesprochen hatte.

Aber im Angesicht des Thematic Apperception Testes seufzte sein Zensor erleichtert und legte sich schlafen. Denn er war – er muß es gewesen sein – überzeugt, daß George, solange er in den vier Ecken eines Bildes sprach, nicht über sich selbst sprechen konnte!

Er sprach über sich selbst – fließend, unerschrocken und wußte es nicht. Und der Gipfel der Lächerlichkeit (wenn man lachen konnte) war erreicht, als unter den Bildern eine weiße leere Karte mit einem Rand auftauchte – ein Bild für den Patienten, sich selbst hineinzustellen und darüber zu reden. Und als George dazu kam, erwachte sein Zensor und unterwarf ihn wieder seinem sanft grollenden Genuschel: »Eine leere Karte? ... nichts. Es wäre wahrscheinlich über mich selbst. Keine Geschichte?«

Aber die über andere Leute? ... die sind wortgetreu.

Ein Junge und eine Frau stehen in einem Zimmer: »Der Junge hat eine Menge Unsinn gemacht, er wurde weggeschickt. Er war so lange weg, daß seine Mutter und er kaum noch wissen, wie sie aussehen. Er ist gerade zurückgekommen. In'ner Minute wird sie ihre Arme ausstrecken, und er wird zu ihr rennen, und sie wird ihn richtig fest an sich drücken, aber das Vorderteil von ihrem Kleid ist nicht weich. Es ist voller Felsbrocken. Und es ist nicht die Mutter, sondern jemand anders, der sich das Kleid angezogen hat und das Geld stehlen will.«

Ein Junge steht an einem Fenster. Ein Gewehr lehnt an der Wand. »Sagen wir einmal, der Junge ist in einer Hütte. Ein Fenster und ein Gewehr dort. Er hat alles in Doktorbüchern geles'n, Opera-

tionen und so. An seinem Vater soll operiert werden. Er geht zum Krankenhaus und steht dort und sagt dem Arzt, wenn er einen Fehler macht, wird er ihm das Licht ausblasen. Aber das Gewehr geht los und tötet den Vater.«
Ein Mann drückt einen Kuß auf die Stirn einer silberhaarigen Dame. »Ein Typ küßt seine Mutter auf die Stirn. Mag sie sehr gern. Hat viel über sie nachgedacht und hat alles gemacht, was sie wollte und gab ihr so'n Kuß jede Nacht oder so. Ich könnte noch weitermachen, aber sie starb. Der Kerl war total am Boden zerstört. Er wollte zum Grab gehen und es ganz mit Blumen schmücken. Er fühlte sich immer besser, wenn er in der Nähe von ihr'm Grab war. Deshalb möchte ich auch so gerne raus hier. Niemand kümmert sich um das Grab von meiner Mutter und auch von meinem Vater. Ich hab das immer getan.«
(Interessante Wunsch-[Schuld?] vorstellung, er hat das Grab seines Vaters nie gesehen.)
Ein Mann liegt schlafend an einer grasbewachsenen Böschung. »Ich würde sagen, daß wahrscheinlich jemand diesen Kerl zusammengeschlagen hat. Getötet hat. Er wird seinen Körper aus dem Weg zerren, daß ihn niemand sehen kann. Hinter ein paar Tanks oder so was. Er hat ihn wahrscheinlich umgebracht, um sein Geld zu kriegen. Er hat ihn auch mit einem Messer verletzt. Dann verschwand er in die Wälder und ich nehme an, er wird es irgendwann wieder tun, an einem anderen Ort.«
Jungen schwimmen in einem ›ollen Schwimmloch‹. »Hm, ja, eins von diesen Kindern hat ein schlimmes Bein, und es fängt an zu bluten, und dann kommt eins von den anderen Kindern ran, um nachzuschaun, und der Junge, der verletzt ist, fängt an zu schreien, und der andere kann das nicht leiden, also duckt er ihn unter und das macht damit Schluß. Dann kommt der andere Junge aus dem Wasser heraus. Er hatte sich vorher verirrt, aber jetzt weiß er, wo er ist.«
Höflich und ohne Betonung, freundlich und einfallsreich erzählte George immer weiter: Diebstahl, Mord, Verstümmelung, Muttertod, Vatertod, Vatermord, Ertränken, Erdolchen, Operationen. Keine Verführung, Vergewaltigung, Ehebruch. Kein (in konventionellem Sinn) Glück, obwohl George bei den meisten Beispielen weit davon entfernt schien, traurig zu sein. Die sterbende Mutter ernüchterte ihn ein wenig.

Ein Brief.

Cackle College PRIV.
Thalamus, Ore.* 9. April

Lieber Phil,
Du hast Deinen Bericht über Deinen ›Mann mit der eisernen Maske‹ mit Deiner gewöhnlichen geschickten Zeitabstimmung abgesandt, als ich gerade drauf und dran war, einen Fernkampf-Kriegsschrei darüber loszulassen.
Ich will Dir zugestehen, daß es alles sehr interessant ist, und daß Du mit Deiner Intuition recht hattest – wenn es Intuition war – daß mit diesem jungen Mann allerhand mehr los war, als es an der Oberfläche schien. Aber Phil – ich muß Dir sagen, ich bin über die kleine Veranstaltung, die Du auf dem dritten Stockwerk hattest, informiert worden. Ein gewalttätiger Fall hätte nicht dahin gesteckt werden dürfen, wo er mit einem anderen Patienten einquartiert werden mußte. Auch ein potentiell gefährlicher. Du hast ihn da hinein gesteckt, weil Du keine freien Zellen mehr im vierten Stock hattest, in Ordnung?
In Ordnung.
Und Du warst während der Zeit auch noch weg. Erholungsurlaub! Phil, geht es Dir nicht gut? . . . aber trotzdem, Du warst nicht da.
Diesmal passierte nichts dabei, aber es kann andere Male geben, es wird andere Male geben. Nun, ich bin ganz auf Deiner Seite mit Deinem George, und Du hast eine ganze Menge inneren Unrats ausgebaggert, und er ist kränker, als ich dachte. *Aber* – hol ihn dort heraus.
Um in einem anderen Ton abzuschließen, vielen Dank, daß Du mir Georges Zeichnungen zusammen mit dem Bericht geschickt hast. Sehr interessant, wie meine gute alte Mutter zu sagen pflegte. (Sie pflegte es in Kunstgalerien zu sagen, jedesmal. Das ist etwas, was man immer sagen kann, und es verletzt niemands Gefühle, gleich worum's geht.) Aber was mich noch mehr interessiert, mein schrumpfköpfiger Freund, ist Deine Identifizierung all dieser üppigen Gestalten als Birnen.
Vorausgesetzt, wir haben alle unsere Vorurteile . . . aber für mich ist das kleine Tier am Ende nichts anderes als eine Tittenmaus.
Also wirklich, Birnen. Brauchst Du den Namen eines guten Doktors? Oder bist Du dabei, Vegetarier zu werden?

Al

* Gackerschule.
Thalamus.

Und die Antwort:

Manor Depressive
Dementia, Cal. *

PRIV.
11. April

Lieber Al,
Es mag kleinlich von mir erscheinen, Dir gegenüber die Stellung herauszukehren, und es ist verdammt unhöflich, ich weiß, jemand seine früheren Komplimente vorzuhalten, aber Du selbst sagtest einmal, daß ich Dich in beruflicher Hinsicht sechsmal von hier bis übermorgen übertreffe oder so ungefähr. Und, Al, es ist meine begründete Überzeugung, daß George eventuell gefährlicher ist als alles andere hier.
Ich werde Deiner Forderung: Kann ich es beweisen? zuvorkommen, indem ich gestehe, daß ich's nicht kann. Ich *weiß* es einfach, das ist alles. Niemand könnte das Zeugs zusammenbrauen, wie er es tut, ohne daß er geladen und entsichert wäre, und wenn er explodiert, möchte ich alle Sicherheitsvorkehrungen getroffen haben.
Nun könnte es sein, daß das, was er hat, so gefährlich wie ein Schwert ist und nicht wie ein Gewehr oder eine Bombe. Die Sache ist, daß ich noch nicht weiß, was es sein könnte. Ich werde es wissen, und ich denke bald; aber bis ich es weiß, könnte ich genausogut einen bengalischen Tiger in den Fluren loslassen.
Laß mich den noch größeren Frevel begehen und Dich daran erinnern, daß ich bis jetzt so weit recht hatte.
Es sind schon Birnen. Aber ich gebe zu, daß man sie so und so schreiben kann.
Du könntest recht haben.

Phil

P. S. Nein, verdammt noch mal, ich war nicht krank. Ich gestehe, daß ich in die Große Stadt ging und mich in einer Zelle unter der Bücherei aufopferte, wo sie die wirklich sensationellen dreckschen Bücher aufbewahren. Nur um Dich zu reizen, füge ich die Notizen bei.

P. O.

Ein Blatt mit handgeschriebenen Notizen auf gelbem Papier.

von Krafft-Ebing, der alte Schnüffler ... geisterte geschwätzig ums letzte Ende des neunzehnten Jahrhunderts herum. Konnte mit Freud nichts anfangen. Für ihn alles »erbliche Belastung«.

* Depressivengut.
Schwachsinn.

Verfocht seine fixe Idee, daß es gewisse Dinge gibt, die *nette* Leute nicht tun. Aber trotzdem unermüdlicher Forscher, also halt die Klappe und D. Vorurteile für Dich selbst.

LUSTMORD

Lust durch Grausamkeit freigesetzt, von Mordlust bis zu Anthropophagie reichend. Man, was für einen liter. Stil von K-E hatte . . . hörmal:

»1827. Leger, Winzer, vierundzwandzig Jahre alt. Von Jugend an schwermütig, ruhig, scheu vor Leuten. Er fing an auf der Suche nach einer Stelle. Wanderte ungefähr acht Tage im Wald herum, wo er ein zwölfjähriges Mädchen einfing, es vergewaltigte, seine Genitalien verstümmelte, sein Herz herausriß, davon aß, das Blut trank und die Reste vergrub. Als er verhaftet wurde, log er zuerst, gestand aber schließlich sein Verbrechen mit zynischer Kaltblütigkeit. Er hörte sich sein Todesurteil gleichgültig an und wurde hingerichtet. Bei der post mortem Untersuchung fand Esquirol [Wer das?] * krankhafte Hirnhautverwachsungen.

Vincenz Verzeni, 1849 in Spanien geboren, seit 11. Januar 1872 im Gefängnis; war angeklagt 1) wegen versuchten Erwürgens seines Kindermädchens Marianne vor vier Jahren, als sie krank im Bett lag; 2) wegen eines ähnlichen Versuchs an einer verheirateten Frau, Arsuffi, 27 Jahre alt; 3) wegen des Versuchs, eine verheiratete Frau, Gala, zu erwürgen, indem er sie an der Kehle packte, während er auf ihrem Unterleib kniete; 4) wegen Verdachts, folgende Morde begangen zu haben: . . .«

Nun, die meisten davon sind für uns nicht interessant, aber hier ist einer;

»Im Dezember brach ein vierzehnjähriges Mädchen, Johanna Motta, zwischen sieben und acht Uhr morgens auf, um ins benachbarte Dorf zu gehen. Als sie nicht zurückkehrte, machte sich ihr Meister auf den Weg, sie zu finden und entdeckte ihren Körper nahe dem Dorf, wo er auf einem Weg in den Feldern lag. Der Leichnam war fürchterlich verstümmelt mit zahlreichen Wunden . . . Die Nacktheit des Körpers und Abschürfungen auf den Schenkeln ließen es als wahrscheinlich erscheinen, daß ein Vergewaltigungsversuch vorgefallen war; der Mund, mit Erde gefüllt, deutete auf Ersticken hin. In der Umgebung des Leichnams, unter einem Strohhaufen, wurde ein Teil Fleisch aus der rechten Wade und Teile der Kleidung gefunden. Der Täter des Verbrechens blieb unentdeckt.

* berühmter Psychiater des 19. Jh.s.

Als er gefunden wurde, gestand Verzeni diesen und viele andere Morde. Er war damals zweiundzwanzig Jahre alt, stiernackig. ... [Oho, hier stoßen wir auf das Kraft-Ebingsche Steckenpferd] ... wie es als wahrscheinlich anzusehen ist, hatte Verzeni lasterhafte Vorfahren – zwei Onkel waren Kretins, ein dritter mikrozephal ... Der Vater zeigte Spuren von pellagröser Degeneration ... seine Familie war bigott und niedriger Gesinnung [!] ... es gab nichts in seiner Vergangenheit, das auf eine Geisteskrankheit hinwies, aber sein Charakter war merkwürdig.
[Er würde wahrscheinlich durchaus den Marquis de Sade als merkwürdig beschreiben.]
... Verzeni war ruhig und zur Einsamkeit geneigt. ... gab zu, daß ihm die Morde ein unbeschreiblich angenehmes (lustvolles) Gefühl verschafften, das von Erektion und Ejakulation begleitet wurde. Sobald er sein Opfer am Hals gepackt hatte, wurden sexuelle Gefühle in ihm wach. Es war ihm ganz und gar gleichgültig, in bezug auf diese Gefühle, ob die Frauen alt, jung, häßlich oder schön waren. Gewöhnlich hatte ihn einfach ihr Erwürgen befriedigt.
Aber im Fall des Mädchens Johanna Motta und, wie es später entdeckt wurde, auch bei anderen Frauen, hatte er mehr getan. Die Abschürfungen an der Haut von Johannas Schenkel wurden durch seine Zähne verursacht, während er ihr Blut in einem höchst intensiven, lustvollen Vergnügen aussaugte.
Diese Erklärungen dieses modernen Vampirs [das heißt für Krafft-Ebing modernen] scheinen auf Wahrheit zu beruhen. Normale sexuelle Regungen schienen ihm unbekannt geblieben zu sein. Bei zwei Liebchen, die er hatte, genügte es ihm, sie anzusehen; es kam ihm sehr seltsam vor, daß er keine Neigung verspürte, sie zu würgen oder ihre Hände zu drücken, aber er hatte mit ihnen nicht das Vergnügen gehabt wie mit seinen Opfern.
Verzeni gab in seinen Bekenntnissen an: ›Ich hatte ein unaussprechliches Vergnügen daran, Frauen zu erwürgen. ... Es war sogar schon eine Lust, nur Frauenkleidung zu riechen ... Ich fand großes Vergnügen daran, Mottas Blut zu trinken. Es war aber auch die größte Freude, die Haarnadel aus dem Haar meiner Opfer zu ziehen ... nach dem Begehen der Tat fühlte ich mich befriedigt und gut. Es kam mir nie in den Sinn, die Genitalien oder so etwas zu berühren oder sie anzuschauen. Es befriedigte mich, die Frauen am Hals zu packen oder ihr Blut auszusaugen. Bis zu diesem Tag weiß ich nichts darüber, wie eine Frau gebaut ist. Während des Würgens und danach preßte ich mich auf den

ganzen Körper, ohne an einen Teil mehr zu denken als an einen anderen.‹«

[Während man aus reinem Entsetzen davor zurückschreckt, fällt einem auf, wie Verzenis Indifferenz gegenüber seinen Genitalien, sein Versagen bei der Vorstellung, daß ein Frauenkörper aus einzelnen Teilen besteht und sein Blutsaugen – alles wie beim Kind, infantil sind, wie bei einem wahnsinnig hungrigen Baby.]

Und eine Antwort.

Kriegslazarett OK
Verwaltungsbüro PRIV.
Portland, Ore. 12. April

Phil,

Na gut, ich steh zu meinem Kompliment, weil ich's auch so gemeint habe, wenigstens zu der Zeit. Ich gebe Dir eine unbestimmte, aber kurze Verlängerung in dieser Angelegenheit, was Du also vorhast, dabei zu tun, tu es besser. Weil es das nächste Mal, wenn ich es erwähne, keine Widerrede mehr geben wird.

A. W.

P. S. Deine Bibliotheksnotizen reichen über die ganze Skala von ekelhaft bis widerlich und verfehlen Deinen Fall.

14. April Sitzung zur therapeutischen Behandlung
Vormittag

Q. George, du vertraust mir doch, nicht wahr?
A. Hm, ich nehm schon an.
Q. Warum, glaubst du, ist es so schwer, sich mit dir zu unterhalten?
A. So schwer?
Q. Erinnerst du dich, als wir bei dem Thematic Apperception Test waren – du weißt, die Bilder, wo du die Geschichten erfunden hast? Du hast das Blaue vom Himmel runter erzählt.
A. Erinnere mich nicht genau.
Q. Wenn du so geradeheraus mit mir reden könntest, würden wir richtig schnell vorwärtskommen.

A. Na, ich könnt's versuchen.
Q. So ist's recht, Junge. Mann, mit dir arbeite ich *gern*. Okay, fangen wir an ... George –
A. Hm?
Q. Was stand in dem Brief, den du Anna von Übersee geschrieben hast?
A. —
Q. George?
A. —
Q. George, ich dachte, du würdest helfen.
A. Also, ich erinnere mich einfach nicht. (Sehr widerspenstig.)
Q. Okay, vergessen wir das. George, wenn du jagen gehst –
A. Aaah ... nicht wieder das.
Q. (Nach einer langen Pause.) Siehst du, wie dich etwas ganz zum Verstummen kommen läßt? George, dieses Etwas ist kein Freund von dir. Dieses Etwas will nicht, daß du von hier wegkommst.
A. (Klagend.) Also ich *kann* einfach nichts dagegen machen.
Q. (Warm wie möglich.) Ich weiß, du kannst nicht, George ... *Ich* kann aber.
A. Du kannst was?
Q. Ich kenne einen Weg, der dir hilft, dich besser zu erinnern, daß du dann besser reden kannst.
A. Wie (Wachsam.)
Q. Zieh deine Schuhe aus.
A. Meine *Schuhe?* (Zieht sie aber aus.)
Q. So ist's recht, Junge. Nun leg dich auf die Pritsche. Nein, auf den Rücken.
A. (Zögernd.) Na – also gut.
Q. Schließ die Augen. ... Du bist ganz verkrampft. Entspann deine Hände. Genau. Laß deine Füße ganz schlaff werden.
A. Du willst mich wohl einschlafen lassen?
Q. Nein. Das ist ein Versprechen. Du wirst die ganze Zeit wach sein und wirst jede Minute wissen, daß du direkt aufstehen und aufhören kannst, wenn du willst. Schließ die Augen wieder. Genauso. Jetzt die Hände, die Füße. Du bist nicht schläfrig, du bist einfach entspannt, überall schlaff. Fühl, wie schlaff deine Zehen sind, deine Knöchel. Nein, du darfst sie nicht bewegen. Laß sie einfach schlaff werden, fühl nur, wie schlaff. Jetzt ist die gleiche Schlaffheit in den Waden, in den Beinen, in deinen Knien, sie sind wie geölt, so schlaff sind sie. Mach die Faust auf, da, fühl deine Finger, nein, du darfst

sie nicht bewegen. Der Daumen ist Eins, der Zeigefinger Zwei, jetzt fühl, wie sie alle schlaff werden, wenn ich sie zähle, Eins, Zwei, Drei, Vier, Fünf. Eins Zwei Drei Vier Fünf. Eins Zwei – wie fühlst du dich?

A. (Gedämpft.) Ganz gut. Sehr gut. Wie auf der Farm von meiner Tante.

Q. Nun, jetzt werd ich dir mal zeigen, wie gut du dich erinnern kannst. Ich wette, ich kann machen, daß du dich an etwas erinnerst, was du vergessen hast und nicht einmal weißt, daß du es vergessen hast. ... George, kannst du dich an eine glückliche Zeit erinnern, als du ein kleiner Junge warst? Sagen wir einmal, als du vier Jahre alt warst. Vier Jahre alt. Vier Jahre alt. Erinnerst du dich vielleicht an eine ruhige Zeit in der Küche zuhause, bevor deine Mutter sehr krank war?

A. (Zufrieden.) Mmh ...

Q. Du bist vier Jahre alt. In der Küche zuhause. Vier Jahre alt. Kommst du mit dem Kopf schon zur Tischplatte?

A. (Verwundert.) N-nein ...

Q. Ist es warm in der Küche, wenn du vier Jahre alt bist?

A. Warm.

Q. Nun schau dich um. Langsam. Schau auf die Regale. Schau auf den Stuhl. Schau auf die Ritzen im Fußboden. Schau dich um, vier Jahre alt. Schau dir an, was du all diese Jahre vergessen hast. Schau das Fensterbrett entlang. Schau um deine ...

A. (Ruhig, höchstes Erstaunen.) Da ist ... mein ... *Teller!* (Springt von der Pritsche, kerzengerade, Gesicht entflammt, Mund offen. Lacht. Ruft:) Ich hab mein' verdammt'n *Teller* gesehn!

Q. Wirklich?

A. Weißt du, als ich ein kleiner Junge war, hatte ich einen Teller, er war blau am Rand und innen weiß, unten am Boden war ein blaues Bild von einer Kuh. Ehrlich, ich hab an den verdammten Teller nicht gedacht, seit der Wal Jonas ausgespuckt hat!

Q. Nun, *gut.* Leg dich wieder auf die Pritsche.

A. Ich hab's so gut gesehn, daß ich den Sprung oben am Rand gesehn hab.

Q. Scht. Entspann dich jetzt und schließ die Augen. Das ist eine Art Spiel, und eine der Regeln ist, daß ich dich, wenn ich dich ins vierte Lebensjahr zurückversetze, auch wieder herausholen muß. Scht jetzt ... Jetzt bist du vier Jahre alt, in der Küche. Fühl, wie warm es in der Küche ist, vier Jahre alt. Du bist nur ein kleiner Junge, vier Jahre alt. Nun steh da in der Küche, aber schau nicht nach irgendetwas. Fühl dich nur warm. Nun, in einer Minute werde ich in die Hände klatschen. Sobald du das Klatschen hörst, wirst du dreiundzwanzig sein. Du wirst dreiundzwanzig sein, genau hier und jetzt in dem Zimmer mit mir. Ich werde rückwärts zählen von fünf bis eins und dann in die Hände klatschen. Verstanden?

A. Mmmh.

Q. Fünf vier drei zwei eins. (Klatschen.) Okay, du kannst die Augen öffnen. Wie fühlst du dich?

A. Als ob ich zwei Stunden geschlafen hätte. Phil, was hast du gemacht?

Q. Das ist einfach ein Erinnerungstrick. Du machst das einfach prima.

A. Das war das verdammteste Ding, was ich je gesehen habe. Mein Teller ... stell dir vor?

Q. Ich bin froh ... Schließ die Augen.

A. Du willst es wieder tun?

Q. Nicht gleich. Aber du fühlst dich jetzt so wohl. Nimm's leicht, wie der Fachmann sagt. Du nimmst's leicht, leicht.

A. Ja.

Q. Sie geben dir gut zu essen?

A. Gutes Essen. Ich hatte schon schlechteres und mußte es bezahlen.

Q. Du nimmst's leicht, leicht wie das und du kannst dich wirklich gut mit mir unterhalten, weißt du?

A. Ich nehm's an.

Q. Du magst Filme?

A. Ich hab lange keine Filme mehr gesehen. Ja, ich mag Filme.

Q. Was für welche magst du am liebsten?

A. Westernfilme.

Q. Genau wie ich ... George, weißt du, wie man immer den guten von dem schlechten Kerl unterscheiden kann?

A. Sicher. Wenn der gute Typ getroffen wird, ist es immer in die Brust oder Schulter, und wenn der schlechte Typ getroffen wird, ist es immer in den Bauch.

Q. (Lacht. Lange.) Mein Gott, George. Das hab ich noch nie gewußt! Und weißt du, wenn ich darüber nachdenke, daß du recht hast? ich wollte das mit dem Schnurrbart sagen.

A. Ah ja, das.

Q. George, schließ die Augen. Nimm's leicht, leicht jetzt. Ich möchte, daß du dich an eine schlimme Zeit, die du mitgemacht hast, erinnerst, aber ich möchte sehen, ob du dich leicht daran erinnern kannst, leicht.

A. Oh ... okay.

Q. Schließ die Augen. Nimm's leicht. Ich möchte, daß du dich daran erinnerst, als sie dich holen ließen, und du gingst zu dem Major, der deinen Brief hatte. George, du hast hier eine Falte genau da über deiner Nase bekommen. Bügle sie aus. Du kannst es nicht leicht nehmen mit einer Falte über der Nase. Gut. Ah, *richtig* gut. Nun will ich nur, daß du dich an diese Zeit erinnerst, und wie es war. Wie du dich gefühlt hast. Wie wütend du warst. Als du das Glas nahmst. Als du das Glas zerbrachst.

A. (Hebt und ballt plötzlich die rechte Hand. Muskeln verhärten sich unter dem Hemd. Gesicht zuckt. Atem pfeift.)

Q. Du hattest nie die Gelegenheit, George. Was wolltest du damals tun? Nimm an, du hättest die Gelegenheit, niemand in der Nähe von ihm und dir.

A. Töten. Ich hätte ihn getötet.

Q. Wie? Was würdest du tun? Was würde er tun?

A. Ich hätte das zerbrochene Glas genommen oder ein Messer, ich hätt's ihn schon schmecken lassen. Er –

Q. Weiter.

A. Er wäre zurückgewichen, aber ich wäre ihm gefolgt. Ich hätte ein großes Loch geschnitten und das Blut würde über alles da spritzen.

Q. Hm, hm. Und dann ...

A. Und dann würde der alte Mann mich ansehn, als wüßte er nicht, was ihn trifft. Er würde wahnsinnig werden. Seine Augen quellen heraus, zu Tode erschrocken ... Es würde ihm nicht mehr helfen, wenn er jetzt auf mich wütend werden würde. Er ist so schwach. Er kann nicht länger mehr stehen. Bevor du gucken kannst, ist er auf dem Boden, keuchend, als ob er nicht atmen kann. Er wirft den Kopf eine Minute lang vor und zurück ... Das ist's. Er ist endlich abgekratzt!

Q. (!) Und was dann, George?

A. Das ist alles, nehme ich an. Er würde mich nicht länger stören. Und er würde dann auch meine Mutter in Ruhe lassen.

Q. Ja.

A. Ja.

Q. George, hast du jemals gesehen, wie ein Mann auf diese Weise gestorben ist, daß das Blut überall herumspritzt?
A. (Ohne Zögern.) Dieser alte Wächter. Bei der Papierwarenfabrik.
Q. War es ein Unfall?
A. Hölle, nein. Ich hab ihm zuerst mit einem Rohr über den Kopf gehauen. Ich muß ihn glatt umgehaun haben, weil er überhaupt nicht gekämpft hat. Oder vielleicht war er zu betrunken. Dann hab ich seine Brust wie ein verdammtes Kaninchen aufgeschlitzt. Der olle Kerl hatte nicht viel Blut.
Q. George, wo hast du ihn aufgeschlitzt? Zeig mir genau, wo du das Messer angesetzt hast.
A. Genau hier. (Packt seine Brust mit der rechten Hand zwischen der rechten Brustwarze und der Armgrube.)
Q. Was hast du getan, als der alte Mann gestorben war?
A. Ich hab ihn hinter den großen Tank geschoben.
Q. Und was hast du dann getan?
A. Ich ging zurück in die Wälder. Aber es war zu dunkel, um irgendetwas zu machen. Ich hab mich eine Weile verirrt, nehme ich an. (Er schiebt seine Hand flach unter den Gürtel und in der Hose hinunter.) Mir wird da heiß, wenn ich daran denke.
Q. Heiß? Du meinst, nach einer Frau?
A. (Schnaubt verächtlich.) O Gott nein! Hier – *hier*! (Er drückt seinen Unterleib.)
Q. Was geschieht, wenn dir so heiß wird, George?
A. Ich will jagen. Kaninchen, paß auf.
Q. Wie hungrig.
A. Es ist anders.
Q. (Schaut auf die Uhr.) Das erinnert mich daran, ich verschwinde jetzt besser, oder ich werde kein Mittagessen mehr bekommen. Hab schon zwei Schichten versäumt.
A. Ich auch, ich wünschte, ich hätte ein Pferd, wenn nicht ein Kaninchen.
Q. (Klopft an die Tür nach der Wache.)
A. Hunger, Hunger, Hunger!
Q. Nimm's leicht, leicht jetzt.
A. Du hast mich ganz aufgedreht, Phil.
Q. (Hämmert an die Tür.)
A. Sie sind alle zum Mittagessen. Niemand außer dir und mir hier jetzt.

Q. (Hämmert an die Tür.)
A. (Knetet seinen Unterleib.) Ein Elendskram, sich so zu fühlen, man kann sich kein Opossum oder ein Kaninchen töten.
Q. Du mußt es einfach leicht nehmen, George ... ah, da ist Gus. Gus, ich dachte schon, Sie würden nie mehr hierherkommen!

Kommentar: Das ist der Tag, der Durchbruch und Mann, Mann, Mann, die vielen Male, wo ich fast schon das Handtuch geschmissen hätte. (Später.) Mußte einen Spaziergang machen, bin zurückgekommen. Zu aufgeregt, um für eine Weile zu schreiben. Jetzt laß uns mal sehen, wo wir plötzlich sind.

Zuerst Georges Suggestibilität. Ich weiß nicht warum, aber ich bin immer überrascht, wenn ein paketgebündeltes, scharnierkaputtes Ego sich als gutes hypnotisches Objekt herausstellt. Klinische Unterlagen beweisen es, und ich sollte nicht erstaunt sein, aber ich bin es immer wieder. Man glaubt, daß der integrierte, phlegmatische Typ am leichtesten untergeht. Nun, George geht unter wie ein Teller in der Abwaschschüssel. Und er ging zurück, wenigstens in leichter Trance, zu seinen vier Jahren, als ob er einen Kopfsprung gemacht hätte.

Das nächste war das Experiment, woraus man sehen kann, ob die Tranceepisode die Beziehung zwischen uns in wachem Zustand verbessert hat. Das war ein anderes Mal, wo ich beinahe mit einem wilden Freudenjuchzer alles über den Haufen geworfen hätte. Er schwatzt wie aufgezogen.

Und dann kam der Test mit Ferenczis »forcierten Fantasien« – einen Wunsch auffangen, ganz gleich, wie zufällig oder brennend, und den Patienten zum nächsten Schritt führen und zum nächsten, bis, wie jede gute, natürliche Funktion, die Wunschfantasie erreicht wird und Friede sich ausbreitet. Friede hätte sich ausgebreitet, wenn nicht da dieses unwürdige Jagen nach dem Mittagessen gewesen wäre. Für eine Weile dachte ich, es würde der Friede sein, in dem man ruht.

Aber natürlich war der wichtigste Fortschritt heute die Wächter-Episode. Welch ein vollkommen schönes (klinisch gesprochen, natürlich) Gleiten das war, ohne Anstrengung von dem Major zum Vaterbild zum alten Wächter. ... Wenn ich darüber nachdenke, ist es genau da in Georges Autobiographie. Werde das nachsehen. Ich wette, es ist da zum Nachlesen. Ich wette, es gibt noch andere Dinge, die man nachlesen kann, jetzt, wo wir die Sprache kennen . . . und George wird für uns die Lücken füllen. Muß an Al schreiben.

Ein Brief.

Cuckoo Cavern PRIV.
Glandular, Ore.* 16. April

Na, Phil!
Wenn Du erwiderst, ich hab Dir's doch gesagt, werd ich Dir gleich in die – boxen, auf der anderen Seite habe ich nicht das Herz dazu. Ich werde es für Dich schreiben: Du hast es mir gesagt, Du hast es gesagt und gesagt. Und Gott, wenn ich an den Druck denke, den ich auf Dich ausgeübt habe: schmeiß den Typ raus, sagte ich. Übergib ihn der wartenden Welt, sagte ich.
In vollem Ernst, Glückwunsch, Phil. Du hast erstklassige Arbeit unter widrigsten Umständen geleistet, und dafür, daß ich Dir so oft im Weg war, entschuldige ich mich.
Ich habe Lucy Quigley angeschrieben. Sie jemals getroffen? Sie war lange Zeit beim Regionalen Roten Kreuz. Sie ist unabhängig und stellt sich uns für kleine Aufgaben zur Verfügung, und sie ist gewillt, verdammt tüchtig und fast einsatzbereit.
Ich habe sie gebeten, runter in Georges Heimatstadt zu fahren und in den Zeitungen nach Informationen über den Tod dieses Wächters zu wühlen.
Falls. Nun werd nicht wütend, aber Du weißt besser als ich, daß das eine Fantasie sein könnte. Wenn es einen solchen Tod gegeben hat, und wenn er mit dem übereinstimmt, was er sagt, ist es natürlich eine Perle in Deiner Krone. Wenn es keinen solchen Tod gegeben hat, oder wenn er nicht mit Georges Beschreibung übereinstimmt, dann ist es etwas, worüber er gehört hat und es sich zu eigen gemacht hat. Also halt die Luft an, Junge, das ist die große Überprüfung.
Weiterhin wird sie auch Anna interviewen. Sie ist fähig, alles herauszubringen, wie ich gesagt habe, und taktvoll und außerdem freundlich. Sie wird in ein paar Tagen von hier abreisen, wenn es also irgendetwas gibt, was Du von einem in der Gegend wissen willst, feure es nach hier ab.
Weißt Du, was Du bist, Du bist ein Detektiv, das ist es.

Al

* Kuckuckshöhle.
Drüse.

Feldlazarett 2 PRIV.
Smithton Township, Cal. 18. April
(Mir ist heute nachmittag nicht nach Scherzen zumute.)

Lieber Al,
Ein bißchen erschöpft und durcheinandergeschüttelt, während ich dies schreibe: ich denke, die Anlage wird erklären warum. Es war faszinierend, es zu tun, und ich möchte es nie wieder tun. Meine herzlichsten Grüße und Dankeschöns an Miss Quigley, sag ihr, ich werde warten, wie die Katze, die den Käse gefressen hat und mit angehaltenem Atem vor dem Mauseloch sitzt.

Der Deine
Phil

Anlage:
Sitzung 16. April
(Leichte Trance am Anfang bewirkt – ohne Widerstand und schnell erreicht.)

Q. Bequem gemacht, George?
A. O ja.
Q. Fühlst dich gut heute morgen?
A. Hmm.
Q. Erinnerst du dich, was ich einmal über die Arbeit, die wir hier machen, gesagt habe, es ist wie Ziegelsteine, je mehr wir bekommen und zusammenfügen, umso eher sind wir fertig?
A. Ich hab das nie vergessen.
Q. Nun, George, das wird's heute sein. Das wird die bis jetzt größte Ladung Ziegelsteine. Worauf ich hoffe, wenn wir durch sind, ist, dich so gut zu kennen, daß alles andere, was wir tun, klar und gradlinig und leicht sein wird, gerade bis zum Ende der Straße. Das bedeutet raus hier für dich.
A. Ich hör zu.
Q. Du kennst deine Lebensgeschichte, wie du sie geschrieben hast. Du sagtest, es wäre alles darin enthalten, woran du dich erinnern könntest.
A. Das ist es auch.
Q. Du weißt jetzt, daß du dich an Sachen erinnern kannst, von denen du nicht einmal wußtest, daß du sie vergessen hattest.
A. Oh ja, bei Gott. Mein Teller.
Q. Das ist richtig. Nun, ich habe hier deine Geschichte, und es sind ein paar Lücken drin. Du wirst sie für mich stopfen, nicht wahr?

A. Wenn ich kann.
Q. Ganz egal was?
A. Hmm.
Q. Wann fingst du an, Blut zu trinken?
A. —
Q. George?
A. —
Q. (Ruhig und so freundlich wie möglich.) Ach George, George. Weißt du, daß ich verstehe, wie du dich jetzt fühlst? Daß ich weiß, was ich dir angetan habe? ... Das war dein großes Geheimnis, nicht wahr, George? Du hast dir selbst gesagt, daß es irgendwie, wenn irgendjemand es jemals herausfinden sollte, dein Ende wäre. Du hast dein Geheimnis wie dein Leben gehütet. Und jetzt ist es heraus. Und du bist so verstört, daß du nicht weißt, was du machen sollst ... Aber du stirbst nicht. Das ist nicht das Ende der Welt. Dieses Geheimnis hat dich so weit heruntergezogen, daß ... nun, eines Tages wirst du es wissen. Eines Tages wirst du es wissen. Du wirst es wissen, wenn du dort aufstehst, wie weit runter du gezogen worden bist. Aber du kannst es nicht wissen, bis du höher gestiegen bist als du jetzt bist ... Jetzt wirst du wütend, he George? Fang an, wenn du willst. Es ist ein bißchen wie bei dem Major, als er den Brief hatte, nicht wahr? Aber du weißt, auf wen du damals wütend warst, du warst wütend auf den alten George, weil du dachtest, du hättest dein Geheimnis preisgegeben. Du hast es nicht wirklich getan, und, George, der Brief ist verloren. Niemand hat ihn je gesehen außer dem Major und einem Zensor, und sie wurden getötet, George ... Und du hast es auch diesmal niemand gesagt. Ich hab's erraten, und dann fing ich an, zusammenzuzählen, und es ging auf. Aber ich wette, es gibt niemand sonst auf der Welt, der's hätte erraten können. Du hast es nicht gesagt. *Du hast es nicht gesagt*, werd wütend, wenn du willst, aber werd nicht auf George wütend. (Lange Pause. Findet, füllt Pfeife. Zündet an.) Nun laß mich dir etwas über Geheimnisse erzählen. Es gab vor einer Weile ein paar Leute, die sehr am Geld hingen; sie vergruben es, machten sich Sorgen darüber, schossen sogar auf Leute, die zufällig in die Nähe kamen. Und es war die ganze Zeit Konföderiertengeld. Sie vergaßen sogar, was es war. Es zu verstecken war wichtiger als das, was es war. Dein Geheimnis ist auch so. Es wurde ein Teil von dir, du hast es ver-

steckt, auch wenn du nicht wußtest, daß du es tatest. Darum war es für dich so schwer, dich mit anderen Leuten zu unterhalten, du hattest Angst, daß es dir entschlüpfen würde. ... Nun, jetzt ist's heraus, George, und niemand wird dir deswegen wehtun wollen. Was wir tun werden, ist, herauszufinden, *warum* du gerne Blut trinkst. Nicht, *ob* du's gern hast. Und weißt du, warum es gut ist, das herauszufinden? Darum, daß *du* weißt warum. Wenn ich dir helfe, das herauszufinden, werde ich's auch erfahren, aber ich weiß schon eine Menge Sachen. Ich würde es nicht brauchen, um dir wehzutun ... Ich werde *dich dir* sagen lassen, warum du Blut trinkst. Wenn du es einmal verstanden hast, werden du und ich alle Stücke auflesen und ein neues Leben für dich bauen. Schläfst du?

A. Nein.

Q. Das ist eine ganze Menge, die du auf einmal schlucken sollst, nicht wahr?

A. Hmm.

Q. Nun, an die Arbeit. Hier habe ich die Geschichte, die du geschrieben hast. Die Augen nicht aufmachen. Einfach leicht nehmen. Lieg ruhig, ruhig, ruhig. Laß es in deinen Augen drinnen dunkel werden. Laß dich von der Dunkelheit wie von einer großen Matratze tragen, George. Laß dich tief ins Dunkel hinabsinken, tiefer unten, tiefer, tiefer. Nicht schlafen. Lieg nur da in der warmen Dunkelheit. Alles ist leicht, leicht. Du hörst mich, du kannst sprechen, leicht, leicht, leicht ... Über das Jagen. Du hast eine ganze Menge über das Jagen geschrieben, aber du hast nicht einmal gesagt, daß du das Blut der Tiere, die du getötet hast, getrunken hast. Du –

A. Anyám!

Q. Was?

A. Es heißt Mutter.

Q. Weiter.

A. Das ist alles.

Q. (Pause.) Du mußt es mir nicht erzählen, wenn du es nicht willst, aber warum sagtest du das gerade jetzt?

A. Du hast mich gefragt.

Q. Ich?

A. Wann ich anfing.

Q. Oh. Oh. Blut zu trinken. Mutter. *Mutter?*

A. Sie sagte das die ganze Zeit. Sie sagte es bis zu der Zeit, als sie starb, ich wäre so groß und alles ... ah, du hast mir alles Blut herausgesaugt, sagte sie, wenn es ihr schlecht ging. Also ich wollte das nicht.

Q. Sicher wolltest du das nicht. Du, George, das ist nur, was sie eine Redewendung nennen, wie ›schnurgerade‹, du erwartest nicht wirklich, daß da eine Schnur ist. Es gibt kein Meer im Meerrettich.

A. Nein, mein Alter erzählte es mir, daß ich es wirklich tat. Sie stillte mich, als ich geboren war, als sie eine Art Übel bekam, und als ihre Brüste anfingen zu bluten, wollte sie nicht aufhören. Sie sagte, es wäre ihre Pflicht, sie starb fast daran. Sie ist schließlich wirklich daran gestorben.

Q. (Erlebt, was er bei anderen als Psychiater-Klick verhöhnt, läßt jedoch heroischerweise das Aha weg, das es sonst begleitet.) Du denkst, du bist dafür verantwortlich.

A. Nein, und es würde auch keinen Unterschied machen, es war, was sie wollte, sie sagte es immer wieder. Sie schaute auf kräftige, gesunde Mütter herab. Sie sagte, sie würden nicht viel geben. Nicht wie sie. Sie dachte gern darüber nach und redete gern darüber. Wenn sie heute noch leben würde, um zu sehen, was geschehen ist, sie wäre glücklich, daß sie daran gestorben ist.

Q. Du scheinst sie sehr gut verstanden zu haben.

A. Sie redete die ganze Zeit darüber.

Q. Wann fingst du an, Blut von draußen zu bekommen?

A. —

Q. George?

A. Ich denk nach.

Q. Nimm dir nur Zeit.

A. ... (Spuren von Besorgnis.) Du willst das allererste Mal wissen? Was ist, wenn ich mich nicht erinnern kann, was es war?

Q. Es muß nicht unbedingt das allererste Mal sein. Warst du sehr klein?

A. Ich nehm's an, denn ich kann mich nicht erinnern. Ich erinnere mich an die Katze ...

Q. Willst du darüber erzählen?

A. ... Kätzchen. Sie hatte kleine Kätzchen. Sie saugten an der Katze. Ich muß sehr klein gewesen sein. Vielleicht drei, vier. Ich dachte, ich könnte auch. Ich wollte es. Ich erinnere mich, daß ich es wollte.

Q. ... Was geschah?

A. Ich versuchte es, die Katze zerkratzte mir das Gesicht. Ich hatte dieses Stück Autoblattfeder in der Hand, ich weiß nicht wie, ich schlug zu und tötete die Katze mit einem Schlag. Dann konnte ich mich nicht mehr halten. Aber irgendwie war es das Blut, was ich aß, als er ...

Q. ... weiter. Du sagtest, als er ...

A. Der Alte. Er kam hinter mir heran, hieb mir mit seiner Faust in die Mitte vom Rücken. (Bewegt unbestimmt die Schultern auf der Pritsche.) Mein Gott, ich kann mich noch erinnern, wie mein Kopf das ganze Stück zurückschnappte, ich sah sein Gesicht verkehrt rum, es war wie vom Blitz getroffen werden.

Q. Was sagte er?

A. Er sagte nichts. Er sagte nur, es bleibenzulassen.

Q. Ich wette, du kannst dich genau daran erinnern, was er sagte.

A. Also wie könnte ich? Ich war nur ein ... also ... wart eine Sekunde. (Lange Pause. Dann in erstauntem Ton:) Er brüllte: LASS MICH DICH JA NICH MEHR ERWISCHEN, WIE DE SO WAS TUST. Grad so.

Q. Püh. ... Er hat dir also nicht gesagt, es nicht zu tun.

A. Also was sonst?

Q. Ich sagte, *er hat dir nicht gesagt, kein Blut zu trinken*. Er sagte, sich nicht mehr dabei erwischen lassen. Das ist ganz und gar nicht dasselbe.

A. Es meint das gleiche.

Q. Denk drüber nach. Ich werde warten.

A. Jesus.

Q. George, ich las in einem alten Buch – ein Buch, das vielleicht vor einhundertundfünfzig Jahren geschrieben wurde – eine Geschichte über einen Jungen und seinen großen Bruder, und sie blieben für die Nacht in einem Gasthaus. Und da saß ein alter Mann am Feuer, und sie kamen in ein Gespräch mit ihm, und der alte Mann sagte etwas, ich weiß nicht mehr was, und es ist auch nicht wichtig, etwas sehr Weises. Und gerade, als er es sagte, holte der große Bruder aus und ließ den kleinen Jungen mit einem Schlag quer durch das Gasthaus fliegen.

A. Warum?

Q. Er sagte, er wollte, daß sich der Junge für den Rest seines Lebens daran erinnert, was der alte Mann gesagt hatte. Das ist also schon lange Zeit bekannt. Du erinnerst dich an solche

Ereignisse, du erinnerst dich die ganze Zeit tief drinnen an sie. Außerdem erinnerst du dich ebenso an alles andere dabei. Ich wette, daß da jedesmal, wenn du den Geschmack von Blut im Mund hast, ein großes lautes Etwas ist, irgendwo, das schreit, laß mich dich nicht erwischen.

A. Besonders Katzen. ... Ich kann den Geschmack nicht leiden.

Q. Weißt du warum?

A. Mein Gott, tatsächlich.

Q. Nun wissen wir alles außer, warum du Blut trinkst.

A. Ich mag's einfach.

Q. Irgend ein anderer Grund?

A. Nein. ... Außer manchmal denke ich, daß ich dann nahe bei meiner Mutter bin. Lach mich nicht aus.

Q. Ich hab das noch nie getan, und ich werd's nie tun. ... Weißt du, eine Sache, die mir besonders auffällt, wenn ich deine Geschichte durchlese, ist, daß es Zeiten gibt, wo du Blut haben mußt, und Zeiten, wo es dir ziemlich egal ist, und Zeiten, wo du zwei Jahre rumbringen kannst und nicht einmal daran denkst.

A. So ist's, glaube ich.

Q. Nun, woran liegt das?

A. Weißnich.

Q. Schaun wir mal nach. Hier – nein, hier. Hmm. Die Zeiten, wo du ohne es auskommen konntest, waren die beiden ersten Jahre in der Schule und die beiden ersten Jahre oder so auf der Farm deiner Tante.

A. Und in der Armee.

Q. Ja, in der Armee. Außer – na, lassen wir das jetzt mal. Jetzt laß uns nach den anderen Zeiten sehen, wo du Tiere jagen mußtest. Das dritte Jahr an der Schule, nicht wahr? Und in Übersee.

A. Anna wurde krank. Uhh.

Q. Schlimm, hm?

A. Uhh.

Q. Na, sehn wir uns mal die Schule an. Weil sich an der Oberfläche nichts änderte, nicht wahr? Du hast weiterhin die gleichen Sachen gemacht, am gleichen Ort. Was geschah?

A. Nach zwei Jahren? Der Alte starb.

Q. Und deswegen brauchtest du plötzlich Blut?

A. Weißnich. Ich habe – einfach, das ist alles.

Q. Vielleicht weil er nicht mehr da war, daß du das Gefühl haben wolltest, näher bei deiner Mutter zu sein?

A. Das könnte sein. Es klingt irgendwie nicht richtig. Oder es war ein Teil davon, aber nur ein kleiner Teil.

Q. Und sonst geschah nichts um dich in dieser Zeit?

A. Hm, hm. Nö.

Q. Na, gehen wir weiter zu –

A. Warte ... Vielleicht das ... (Eine lange Pause.) Ich sag dir, nachdem der Alte gestorben war, war alles ganz anders. Wenn ich entlassen worden wäre, hätte ich ihn gehabt, wo ich hätte hingehen können. Er bedeutete mir nichts, aber es gab nichts anderes. Da war sicher nicht ein einziger Fleck in diesem Klotz von einer Stadt, wohin man hätte zurückgehn können. Als er weg war, war ich wie verloren.

Q. Dann ist es, wann immer du dich so irgendwie verloren fühlst, daß du Blut brauchst.

A. Man wird heiß am Bauch.

Q. Es geschah, als Anna krank wurde, und als dein Vater starb, und als du nach Übersee verschifft wurdest.

A. Und eine ganze Menge zuhause, bei dem Alten, wenn er trank. Und als Onkel Jim mich dieses eine Mal mit dem Skunk verdrosch und mir zurief Und komm ja nicht zurück Und komm ja nicht zurück.

Q. Da hast du's, George: wußtest du je zuvor, daß dein Wunsch nach Blut von außerhalb dir kam, bei den Sachen, die dir zustießen, und überhaupt nicht von innen?

A. Nein, nie.

Q. Und jetzt weißt du, wenn du diesen heißen Bauch bekommst, daß du dich in einer anderen Weise zufriedenstellen kannst als etwas zu töten, um sein Blut zu bekommen. Du weißt, daß dich etwas veranlaßt, dich verloren zu fühlen, und wenn du herausbekommst, was es ist, wirst du kein Blut mehr brauchen. Niemals.

A. Und ich dachte immer, ich brauchte es, und ich wäre der einzige.

Q. Du hast es genau vom falschen Ende aus gesehen. Es mag nicht viele geben, die Blut trinken müssen, aber es gibt Millionen – Milliarden sogar, die fühlen, was du fühlst, das dich Blut trinken läßt.

A. Ich versteh dich nicht.

Q. Jeder auf Erden fühlt sich manchmal allein, manchmal verloren. Gerade wie du. Jeder hat seine eigene Art, damit fertig zu werden, gerade wie du.

A. Ich dachte immer, ich wäre der einzige.

Q. Denk das nicht mehr. Hei ... hier ist eine andere Lücke in deiner Geschichte. Du schreibst, du wärst in das Leichenhaus eingebrochen, in der Nacht, nachdem sie deine Mutter dort hergerichtet hatten. Warum?

A. Was hab ich geschrieben? Um auf Wiedersehen zu sagen.

Q. ›Um ihr auf seine eigene Art auf Wiedersehen zu sagen‹ ist, was du geschrieben hast. Was ist deine eigene Art, auf Wiedersehen zu sagen?

A. (Nach einer langen Pause.) Sie sagte immer, es wäre für mich.

Q. (Vorsichtig.) Erzähl mir, wie es da drin aussah.

A. Na, es war kein komfortables Zimmer, in dieser Stadt. Grad so was wie eine große Werkstatt, Regale und Waschbecken und so was, und sie war auf einem langen Tisch mit einem Tuch über sich und ihrem Gesicht. Sie hatten das ganze Blut aus ihr herausgenommen. Ich hab sie's in der Nacht tun sehn, durch ein Loch hinten im Fensterladen. Es war in einer Flasche auf dem Boden.

Q. Und du –

A. Sie sagte immer, das ist's, wofür es da ist, und in einer Art war es, als ob es uns für immer ein Teil vom andern machte, lach nicht über mich.

Q. Ich lache nicht. ... In Ordnung, George. Wir machen weiter. ... Hier ist etwas. Du erwähnst einen Steinbruch auf der anderen Seite der Stadt, wo große Frösche waren.

A. Manchmal sind Frösche richtig gut, an einem richtig heißen Tag, wie zur Abwechslung. Sie sind kalt, weißt du. Besonders wenn du sie von dort verjagst, wo sie sich sonnen, und sie tauchen tief hinunter und verstecken sich. Sie können zehn, fünfzehn Minuten unten bleiben, und wenn sie hochkommen, sind sie richtig kalt. Das einzige dabei ist, der größte Frosch, den du jemals gesehen hast, ist nur einen Mundvoll. Ein Frosch kann dich nicht sehen, wenn du dich nicht bewegst. Du wartest, wo du sie verjagt hast, sie werden praktisch genau in deine Hand zurückkommen, wenn du weißt, wie man stillsitzen muß.

Q. Weißt du, du bist ein regelrechter Führer durch die Natur, George. Ich habe noch nie einen Mann getroffen, der so viel über die Kleintierjagd wußte.

A. Na, ich hab's eben studiert.

Q. O ja – hier ist der Teil, den du über Sex geschrieben hast. Du führst einen sehr guten Kopf spazieren, George. Eine Menge Leute, von denen man glaubt, daß sie schlauer wären als du und ich zusammen, haben die Angelegenheit nicht so gründlich wie du überdacht. Aber sag mir etwas – ist Anna das einzige Mädchen, das du jemals hattest?
A. Hmhm.
Q. Schau, es wird dir doch nichts ausmachen, es mir zu erzählen. Wenn du und Anna –
A. Phil, ich möchte nicht, daß du wütend wirst –
Q. Weiter. Was habt ihr –
A. Was ist das, was du –
Q. (Lacht.) Nun red nicht jeder auf einmal. Was hast du gesagt?
A. Phil, frag mich nicht über Anna und mich, wie wir's machen, ja?
Q. Wenn es dir wichtig ist, nicht darüber zu sprechen, dann werden wir's nicht tun.
A. Also danke. Ich muß dir sagen, ich hab das irgendwie zurückgehalten, darüber zu sprechen, weil ich wollte, daß wir davon wegkommen.
Q. Wenn sowas in deinem Sinn ist, sag's gleich am Anfang. Ich bin hier, um mir dir zu arbeiten, nicht über dich.
A. Nun, also gut, es gibt noch etwas, jetzt, wo du's erwähnst.
Q. Schieß los.
A. Diesen Brief, den ich Anna geschrieben habe, der alles ins Rollen gebracht hat. Ich möchte nicht, daß du mich darüber fragst.
Q. (Flucht, aber innerlich.) Natürlich nicht, wenn du es nicht willst.
A. (Legt sich bequem zurück, atmet tief aus.) Nun, in Ordnung. Jetzt geht alles.
Q. In Ordnung. Dann hör auf, hier herumzuturnen und entspann dich wieder überall. Schließ die Augen und mach es schwarz und versink in dem Schwarzen und treib in ihm. Nicht schlafen. Du kannst mich sehr gut hören. Du kannst sehr gut sprechen. Entspann dich ganz. Zehen, Knöchel, Finger. Eins zwei drei vier fünf. Wie fühlst du dich?
A. (Friedlich.) Sagenhaft.
Q. Ich schau deine Geschichte noch mal nach Lücken durch. Ich sehe, was du meinst, George. Es ist *wirklich* alles da, wenn man einmal weiß, wie man es zu lesen hat. Hier ist die ganze

Geschichte mit dem Wächter, und ich hab's nicht mal das erste Mal gesehen, als ich es las.

A. (Friedlich.) Das war nach dem Kampf mit Onkel Jim.

Q. Natürlich bist du nicht sehr ins Detail gegangen ... aber trotzdem, es ist da. Du magst menschliches Blut?

A. Das beste, was ich jemals hatte, war menschliches Blut. Aber es war nicht dieser olle Knabe.

Q. (Zögert.) Nun, ich kann mir vorstellen, daß wir darauf noch zu sprechen kommen werden. ... Oh, hier ist etwas. Über den Biberbau.

A. Ja, und dieser Junge hat meine Baumfalle kaputtgemacht.

Q. Du sagst hier nicht viel über das, was geschah. War er nicht verletzt?

A. Oh, sein Bein war ein bißchen zerquetscht. Es machte ihm nichts aus, nachdem ich dahin kam.

Q. Du hast ihn gut herausbekommen?

A. Ich hab ihn gut herausbekommen. Ich hab die Hölle aus ihm herausgeschlagen. Ich hab's da geschrieben, es war, als ob er das verdammte Baby war, das Anna krank gemacht hatte, und ich konnte es endlich erwischen.

Q. Was geschah schließlich mit ihm?

A. Ich warf ihn in den See.

Q. Warte eine Minute ... etwas über einen See ... du hast eine Geschichte in dem Thematic Apperception Test erfunden. Du erinnerst dich, das Bild mit dem Schwimmloch. Etwas über einen Jungen, der schreit, ein anderer stößt ihn unters Wasser. Ja, sein Bein war auch verletzt.

A. Nun ja, es passierte genauso.

Q. Du hast ihn mit dem Messer verwundet.

A. Nachdem ich ihn herausgeholt hatte. Er war dann tot. Es hatte ihm nicht wehgetan.

Q. Wie alt war der Junge?

A. Ich weiß nichts über Jungen, wie alt sie sind bei wie groß. Sechs, sieben, so etwa drum. Das war der eine, von dem ich erzählte, beste, was ich jemals hatte. Aber ich war so wütend auf ihn, ich hatte eine Gelegenheit, mich zu rächen. Das machte wahrscheinlich den ganzen Unterschied aus.

Q. Wo hast du ihn aufgeschnitten?

A. Durch den Bauchnabel.

Q. Wessen Kind war es?

A. Mein Gott, ich weißnich. Diese Polackenfamilien dort droben haben mehr Kinder, als sie zählen können, und die blöden Bengel können genausowenig zählen. Das war nicht in der Nähe von meinem Ort, Phil, das war nach Cravensville zu. Tatsache ist, Cravensville liegt genau an demselben See, aber auf der anderen Seite und um die Landspitze, von der ich kam, herum.

Q. Und was hast du dann mit ihm gemacht?

A. Einfach in den See geworfen, als ob er ertrunken wäre.

Q. George, du hast dich gleich danach bei der Armee gemeldet. Genau am nächsten Tag. Geschah das, weil du Angst wegen dem Jungen hattest?

A. Ja und nein. Ich wußte, ich steuerte auf großes Unheil zu, auf dem Weg, auf dem ich mich befand. Ich machte mir keine Sorgen über diesen einen, es war der nächste oder übernächste, worüber ich mir Sorgen machte, wenn du weißt, was ich meine. Man konnte sorglos werden. Und ich schätzte, die Armee würde ungefähr wie die Schule sein, nur größer, und ich hatte recht. Es bog mich gerade für zwei, drei Jahre, bis sie uns verschifften.

Q. Wieder die Frage, ob verloren oder nicht verloren.

A. Du hast so recht. Niemand war so verloren wie ich, nachdem wir diese Rollstuhlfälle aus den C-119 getragen hatten. Ich sah, worauf ich zusteuerte, und das war es. Ich sah, wo ich gewesen war, und es war weg. Etwas mußte geschehen.

Q. Es geschah. ... Oh, ich habe eine Notiz hier, worüber ich dich fragen wollte, George. Es zwickte mich ein bißchen, als ich beim ersten Lesen darüber hinwegglitt, und zwackte mich beim zweiten Mal. Eine kleine Sache, aber wenn du etwas beschreibst, weiß ich immer, wo alles und jeder ist. Aber an dieser Stelle, wo dein Vater betrunken nach Hause kam und du das Messer hattest.

A. O ja.

Q. Laß mich das laut vorlesen. Es ist da, wo du das Messer geworfen hast. Quer durch das ganze Zimmer, nicht wahr? Ja. Nun, hör zu: »... und er schaute auf den Schnitt, und wie das Blut da herauskam und die Mutter blutete durch ihre Hände und ihre Augen quollen über ihnen heraus, wie sie nach dem Vater schaute. Und der Vater schob George weg und holte das Geschirrtuch ...« und so weiter.

A. Ja nun, was ist damit?

Q. Wenn du das Messer quer durch den Raum geworfen hast, wie kam's dann, daß dein Vater dich wegschob? Ich hatte das Gefühl, daß der Vater einfach dastand, anscheinend nahe dem Waschbecken, also bewegte er sich nicht auf dich zu.

A. Oh, ich hab mich bewegt. (Plötzlich ruhig und angespannt.) Es war wie nichts, was mir jemals vorher oder seither passiert ist, das Messer steckte in den Brustmuskeln. Ich glaube nicht, daß es eine Rippe traf. Es steckte einfach da. Und dann, als er es herauszog, ging ich quer hinüber, als ob ich an einem Draht gezogen würde, wie ein Schlafwandler im Film. Ich konnte mir nicht mehr helfen. ... Ich ging quer hinüber, und ich legte meinen Mund an diesen Schnitt und saugte daran, ich ... versuchte, es zusammenzuziehen oder es wegzumachen oder zu machen, als ob es nie geschehen wäre oder ... oder sonst etwas, ich weiß nicht. Gewöhnlich hatte ich etwas mit dem zu tun, was ich machte, sogar wenn ich wahnsinnig wütend bin, aber das war dabei nicht der Fall, ich konnte einfach nichts dagegen tun.

Q. (Nach einer Pause.) Nun, ich ... schätze, das beantwortet meine Frage. Wie er einfach den rechten Arm ausstrecken und dich wegschieben konnte.

A. Ich erschreckte ihn. Ich erschreckte auch mich. Ich nehme an, das war es, was ihn so hinausgehen ließ und später nie mehr die Mutter oder sonst jemand schlagen ließ. Diese ... diese Schlafwandlersache, das erschreckte mich verdammt viel mehr als das Messerwerfen, weißt du das?

Q. Ich kann mir's gut vorstellen ... Genug für heute, George?

(Herkömmliche Art, den Patienten in die Gegenwart zurückzuholen und Abschluß.)

Kommemtar: Eine formale und vollständige Bewertung wird warten müssen, es ist nicht nur notwendig, die Information in die Hände von Miss Quigley gelangen zu lassen, bevor sie in den Süden abreist, da ist auch das Problem, genug Objektivität, um eine faire Arbeit zu leisten, zusammenkommen zu lassen. Vielleicht bin ich einfach nur übermüdet, aber im Moment würde ich mich selbst als unfähig für jede notwendige klinische, unpersönliche Analyse dieser Entwicklungen disqualifizieren. Es mag für den Moment genug sein, über einige der Hauptgipfel zu streifen.

Es scheint, als ob der Hauptklotz bei der Blockierung für George die Enthüllung war, daß sein Geheimnis verraten war. Ich habe schon früher auf die wunderbare Weise hingewiesen, in der die kranke Psyche nach Hilfe ruft, es ist jammerschade, daß wir keine Entdeckungshilfe erfinden können, die zeigen würde, in welche Sprache oder welchen Ausdruck oder welches Vokabular dieser Schrei eingekleidet ist. Die Last seines Geheimnisses muß untragbar schwer gewesen sein, und muß in den letzten Wochen noch schwerer geworden sein. Ich bin sehr beeindruckt, auf welche Art die Erleichterung über ihn kam, zur gleichen Zeit, als ich eifrig dabei war, meinen Weg durch seine Schutzhülle zu finden, um ihn herauszuziehen, stand er schon bereit und arbeitete schon schwer an der Antwort auf meine Frage, wann er ungefähr anfing, Blut zu trinken.

Wenn man seine Gründe für die Gewohnheit zusammenzählt, findet man, daß er sich ihr zwecks Erleichterung nur zuwendet, wenn er verletzt ist, unsicher – »verloren«, wie er es nennt. Das ist eine Unterscheidung vom gewöhnlichen Hunger. Oder, um es anders auszudrücken und Georges Unterscheidung zwischen »Befriedigung« und »Erleichterung« zu gebrauchen, sein Bluttrinken ist nicht wie der aufgestaute, rasende Druck, der den wahren sexuellen Psychopathen treibt, es ist viel mehr wie die verlangende Leere in einem saugenden Baby.

Die Analogie, einmal gezogen, trägt die Farbe in so viele Richtungen, daß es aufhört, wie eine Analogie auszusehen und fast eine Analyse wird. Ein hungriges Baby will, was es will, mit einer gefühllosen, unvernünftigen Forderung, die keine Verzögerung, kein Argument, Hinausschieben oder keine Vernunft duldet. Mit diesen Begriffen ist es ziemlich gerecht, den emotionalen Nexus eines Babys als ungesund ... manisch ... obzessiv zu beschreiben. Und ein Baby sucht diese Linderung für alles andere außer Hunger, das es bekümmert. Wenn das Baby sich den Kopf anstößt, kann es, sogar wenn sein Magen voll ist, mit der Brustwarze getröstet werden. Wenn es sich den Kopf anstößt, auch wenn sein Magen voll ist, und es kann die Brustwarze nicht finden, ist der leidenschaftliche Ausbruch enorm, und sein Verlangen wächst.

Für jeden, der so mißhandelt und verleugnet wurde wie George, ist der Übergang von Muttermilch zu Blut verständlich. In Georges Fall kann es sogar kaum ein Übergang genannt werden – nicht in dem Licht, was geschah und was er weiter wiederholt über die Beschäftigung seiner Mutter mit ihren eigenen blutenden Brüsten gesagt bekam.

Ich fange an zu fühlen, daß Georges Problem nur im entferntesten, obwohl parallelen Weg ein sexuelles Problem ist. »Entwicklungshemmung« ist ein nützlicher Ausdruck, aber in seinem Fall ist es maßlos untertrieben. Es sieht so aus, als ob seine emotionale Entwicklung vollkommen aufhörte, nicht im Heranwachsendenalter oder in der Vorpubertät, wie so viele dieser Fälle, sondern auf den primitivsten Stufen des Kleinkindes. Die Tatsache, daß seine physische und geistige Entwicklung in allen anderen Bereichen relativ unbeeinträchtigt ist, mag statistisch unmöglich sein, bleibt aber eine Tatsache.

Hotel Venetian
Charlotte, Nord-Karolina 5. Mai

Lieber Dr. Outerbridge,
durch Nebel »am Abflug gehindert«, wie die Fluglinienleute es nennen, muß ich hier übernachten und stattdessen das Flugzeug morgen nehmen. Ich habe heute abend meinen Bericht an Oberst Williams abgeschickt, aber ich glaube, daß die Luftpost heute nacht ebensowenig fliegt wie ich. So, mit einem Abend zur freien Verfügung und einer Schreibmaschine im Gepäck, dachte ich, daß ich Ihnen schreiben könnte, wenn auch nur, weil ich weiß, daß Sie die Nachrichten, wie auf glühenden Kohlen sitzend, erwarten müßten.
Oberst Williams hat Ihnen vielleicht mitgeteilt, daß ich eine in Psychiatrie ausgebildete Krankenschwester war, bevor ich zum Roten Kreuz kam. Ich sage Ihnen das, um meinen Glückwünschen Substanz zu verleihen. Bitte seien Sie nicht böse auf Oberst Williams, daß er mir Ihre ganze »PRIV.«-Korrespondenz gezeigt hat – er ist ein alter Freund, und er ist sicher, wie ich es auch von Ihnen wünsche, daß ich nicht die Person bin, die PRIV. nicht auch PRIV. sein läßt.
Um Sie nicht länger im Ungewissen zu lassen, erlauben Sie mir, daß ich Ihnen gleich am Anfang sage, daß Sie auf der ganzen Linie recht behalten haben. Die zwei Morde geschahen wirklich, sie geschahen zu der Zeit, die Oberst Williams aus der Geschichte des Patienten und nach Ausrechnungen abschätzte, wie seinem Eintritt in die Armee, und der besten Einschätzung, die er für die Episode mit dem Skunkigen Onkel Jim (den ich, wie Sie sehen werden, traf, und mit dem ich sprach) vornehmen konnte.

Der Tod des Wächters wurde in der Zeitung erwähnt und im Polizeibericht – und einem Herzanfall zugeschrieben. Ich will nicht in die Details gehen, wie ich von da aus weiter vorging, außer zu sagen, daß der Widerstand, dem ich begegnete, nicht unbeträchtlich war, der Empfang, den ich erhielt, nicht warm war, die Unterstützung, die mir zuteil wurde, nicht hilfreich war, die Drohungen, die ich ausstieß, nicht die kleinsten waren und die Gefühle, die ich zurückließ, die großer Erleichterung waren. In groben Umrissen: ich ging zum Polizeichef, dem lokalen Barmixer, der den Polizeichef handhabt, und der Frau des Barmixers, die die Bar besitzt und den Barmixer handhabt, und nachdem ich von ihr freie Bahn erhalten hatte, war ich dann fähig, den Leichenbeschauer genügend bewaffnet anzugehen und seine Akten zu durchwühlen. Sie unterscheiden sich tatsächlich von der Zeitung und dem Polizeibericht, die die Messerwunde nicht erwähnen. Der Leichenbeschauer, ein vollkommen unglaubhaftes Beispiel von Rollenbesetzung, bis hin zur goldenen Uhrkette und dem Spucknapf, bot eine, wie es schien, nicht einwandfreie Entschuldigung dafür, daß die Tatsache der Messerwunde ›verlorenging‹; und doch glaube ich, daß es die Wahrheit ist. Was er sagte, war, daß der Wächter, ein chronischer alter Alkoholiker, faktisch in der Endphase eines Leberleidens, mit Arteriosklerose, Verengung der Mitralklappe und einem Fünfzehnmeter-Bandwurm aus einer Reihe von Gründen hätte sterben können, mit oder ohne Erstechen und nur zufällig durch einen Überfall. Der Hauptpunkt für ihn (und die anderen lokalen Beamten) war, daß, wo es ein Opfer ohne Bedeutung gibt, mit unbekanntem Mörder, wenigen oder gar keinen Spuren und nicht existierenden Verdächtigen, es einfach keinen vernünftigen Grund gab, einen ungelösten Mord in die Bücher zu nehmen. Ich gab ihm jede Versicherung, daß die Bücher, so weit es mich anging, genauso bleiben würden, wie sie waren. Oberst Williams kann Ihnen, wenn Sie es wollen, Kapitel und Vers der rechtlichen Stellung in dieser Angelegenheit, soweit Sie betroffen sind, geben, aber ich glaube, daß Sie versichert sein können, falls es jemals zu einer Untersuchung und Anklage kommt, daß die geistige Verfassung Ihres Patienten jede weitere Verfolgung der Sache für jedermann nutzlos machen wird. Als ein moralischer Streitpunkt könnte es vielleicht, wie das Sprichwort heißt, Kämpfe vor den Schranken auslösen, aber es stellt sich außerhalb des unmittelbaren Bereichs der Diagnose und Behandlung des Patienten.

Mein nächstes, nach Cravensville zu fahren. Es liegt genauso, wie es Ihr George beschrieben hat, an einem Gebirgsee, der um eine Landzunge biegt, die das fernere Ende der Stadt verbirgt. Ich beschaffte mir ein Boot und fuhr zu dem, was ganz sicher wie die von Georg beschriebene Geographie aussieht – eine kleine Höhle und ein kleiner Sumpf, wo ein Bach in den See sickert – und als ich die Höhle betrat, erschreckte ich ein halbes Dutzend kleiner nackter Jungen, die dort schwammen. Sie verschwanden in den Wald wie kleine Geister. Ich bin nicht ganz sicher, daß ich wirklich die flachen Steine gesehen habe, aus denen George seine Baumfallen bastelte, aber wenn jemand dort eine basteln wollte, könnte er das sicher. Ich sah keine Biber oder ihren Bau, aber Biber waren dort gewesen, wie jeder sehen kann, der einen angenagten Baumstamm erkennt.

Was den Tod des kleinen Jungen angeht, hatte ich bei den Zeitungen überhaupt kein Glück. Die Stadt hat keine Zeitung, und die nächste regionale Zeitung, eine Wochenzeitschrift, muß kurz vor dem Tod des Kindes in Druck gegangen sein und es nicht für wert befunden haben, es in die nächste Ausgabe zu setzen. Ihr George hatte in einer niederschmetternden Weise recht – das Leben ist in gewissen Gebieten dieser Berge eine Menge weniger wert, als man glauben möchte. Armut, Analphabetentum und zuviele Kinder sind drei große Mächte gegen überwältigenden Kummer bei dem Verlust eines kleinen Lebens und eines hungrigen Mundes.

Dazu sprachen die Umstände gegen irgendetwas Sensationelles beim Tode des Jungen. Zum ersten gibt es eine Autobahnbrücke über den See am entgegengesetzten Ende des Sees, und zweimal in den vergangenen drei Jahren sind dort Leute gestorben (der eine ein Selbstmord, der andere ein Unfallverletzter), und ihre Körper wurden in der Höhle treibend gefunden – ich nehme an, das ist dem vorherrschenden Wind oder irgendeiner trägen Strömung des Seewassers zuzuschreiben. Das und der arg mitgenommene Zustand des Körpers des Jungen machte es den lokalen Autoritäten leicht, zu dem Schluß zu gelangen, daß der Junge woanders als in der Höhle gestorben war. Er trug eine Badehose, in der er am Nachmittag, bevor er starb, sein Zuhause verlassen hatte, (armes kleines Ding. Ich nehme an, er lag die ganze Nacht in der Baumfalle), also gab es nicht einmal den Beweis seiner Kleidung nahe der Sterbeszene.

Besonders sein linkes Bein und sein rechter Fuß und Knöchel waren zerquetscht, obwohl keine Knochen gebrochen waren, und er hatte allerhand Beulen und Quetschungen an Kopf und

Gesicht. Der Einschnitt am Nabel war da, und obwohl niemand eine Spekulation wagte, wie genau er dahin kam, schien die Hypothese von einem flüchtigen Fahrer auf oder nahe der Autobahnbrücke alles gut zu decken. Ich denke, Sie können Georges Ehrlichkeit ein weiteres Kreuzchen zufügen, gleich was Ihre Ansichten sein könnten, was ›das Wahrheit ist Schönheit und Schönheit Wahrheit‹ angeht.
Ich besuchte Herrn und Frau Grallus, die Tante und den Onkel, und ich würde keinen Versuch machen, das Talent Ihres Georges fürs Porträtieren zu verbessern. Wenn es geschehen sollte, daß George jemals freigelassen wird, dort ist eine Ecke für ihn. Die Grallusens sind nicht mehr jung und haben keine Kinder. Ich glaube, daß die Tante eine echte, wenn auch nicht überwältigende Zuneigung für George hat und viel für ihn tun würde, wenn sie könnte. Ich glaube, Herr Grallus würde sogar mehr tun, denn er macht sich große Vorwürfe darüber, wie er George behandelt hat und würde das gerne wiedergutmachen. Es liegt nicht der leiseste Schimmer von Selbstlosigkeit darüber, er wünscht einfach, er müßte sich keine Vorwürfe machen und würde sich stark bemühen, sich davon zu befreien. Sie glauben beide, daß George ein ›Dummkopf‹ ist – das heißt zurückgeblieben, und wenn Sie und ich für jeden in diesem Land, der keine Unterscheidung zwischen den geistig Kranken und den geistig Zurückgebliebenen trifft, ein Fünfcentstück hätten, könnten wir eine Klinik bauen, groß genug, um sie alle zu behandeln.
Schließlich besuchte ich Anna. Oh, arme Anna! Abgestumpft, stumm, unlieblich, ungeliebt und liebend. Sie erinnert mich an ein Zugtier, besonders an einen Esel, einer mit vom Sattel wundgescheuerten Stellen und von Stechmücken umschwirrt, der mit traurigen und wunderschönen Augen geduldig dasteht und auf jemand wartet, der ihm Wasser gibt oder ihn tritt oder tötet oder ihm sagt, was zu tun ist ... Ich verwickle mich ein wenig, Feldwebel Outerbridge, ich bin sonst wirklich nicht für Ausflüge in die Prosodik* zu haben, aber ich stelle fest, sie rührte mich.
(Auch) sie ist genau, wie Ihr George sie beschreibt – eine untersetzte Frau mit einem Witwenbuckel, schweren Schultern und Rumpf und überraschend zartgliedrigen Händen, Füßen und Gelenken. Ihr Gesicht ist breit und frisch mit einer kleinen Stupsnase, eng beieinanderstehenden Augen und einem traurigen, weichen Mund. Sie hat eine massive Kinnlade und ein Doppelkinn,

* Silbenmeßlehre.

obwohl sie nicht das ist, was man gewöhnlich ein fettes Mädchen nennt. Ich traf sie in einem Kornfeld, wohin sie mich vom Haus geschickt hatten, in dem sie Unkraut rupfte. Ich war froh, daß ich mit ihr da draußen reden konnte, weg von dieser düsteren, lauten Ruine, die sie als Haus bezeichnen. Das Wort schäbig hat verschiedene Bedeutungen, alles um dieses Haus und seine Familie und seine Umgebung trifft eine davon.

Ich werde keine wörtliche Beschreibung unserer Unterhaltung versuchen, und ich habe übrigens auch keine in meinem Bericht an Oberst Williams gegeben. Annas Wortschatz und Erfahrungen sind so begrenzt, daß die Worte fast nichts aussagen. Sie hat jedoch so wenig Mitgefühl, Zärtlichkeit, Respekt oder Verstehen erfahren, daß das Wenige davon sich lange frisch gehalten hat.

Daß sie George (sie nennt ihn Belly – schrieben Sie nicht irgendwo, daß er Bela heißt?) liebt, daran besteht kein Zweifel, sie liebt ihn durch und durch und in jeder Hinsicht. Sie nahm die Tatsache, daß er sie offensichtlich verlassen hatte, und sein ungebrochenes Stillschweigen in genau der Art hin, in der das obenerwähnte Zugtier einen Schlag auf den Kopf hinnimmt. Sie hat ihren Schritt nicht unterbrochen noch daran gedacht, es zu tun. Sie hat ihre Tage einfach weitergelebt und sich dumpf an die zweieinhalb Jahre mit George erinnert und sie als ihre einzige Abwechslung gesehen. Sie wartet nicht direkt auf ihn; das zu sagen, würde Hoffnung einschließen, und sie hat sich nie Hoffnung auf etwas gemacht. Aber über eines besteht überhaupt kein Zweifel: sollte er je zurückkommen, wird sie dasein, und sie wird ihm gehören, wenn er sie will.

Ich konnte ein ziemlich vollständiges Bild ihrer Beziehung erhalten – sie hat keine Übung und keine Verteidigungsmittel in einer Unterhaltung – und durch einen nicht zu undurchdringlichen Schleier von Beschönigungen konnte man sehen, daß er seine Eroberung so vollständig gemacht hatte, weil er sanft war. Sexuell war sie nicht unschuldig, als er daherkam – es gab ein paar betrunkene »Fälle« mit einigen von der Dreschmannschaft, die kamen, wenn der Buchweizen eingebracht wurde, und einer der Farmlohnarbeiter hatte sie eine Zeitlang ziemlich regelmäßig gebraucht. Sie erwähnte auch einen gewissen Sammy, unter dessen Diensten sie zum ersten und einzigen Mal Hilfe geholt hatte: sie sagte es ihrem Vater, der, wie sie sagte, ihn halbtot schlug. Ich forschte nicht nach, wie Sammy zu ihr stand, nehme aber an, daß es ihr älterer Bruder ist. Aus dem, was Ihr George erzählt, geht hervor, daß er sich Anna nie aufdrängte, und so überzeugt, wie sie sicherlich ist, daß alle Männer heftig von Sex getrieben werden und es daher heftig treiben, kam es ihr nie in den Sinn, daß Georges Gleichgültigkeit etwas anderes als enorme Selbstkontrolle und Rücksichtsnahme sein könnte. George zu verführen, erforderte viel mehr als Winke und Verfügbarkeit. Sie mußte buchstäblich den ganzen Akt mit ihm ausführen. Offensichtlich half er weder mit noch entzog er sich ihr, und wegen seiner uninteressierten Willfährigkeit, die sie als eine Art Ritterlichkeit ansieht, betet sie ihn an. Offenbar war ihr Beischlaf unregelmäßig, er geschah nur dann, wenn ihr Verlangen unkontrollierbar wurde, aber dann immer, er widerstrebte ihr nie. Das allein würde es unregelmäßig machen; hinzufügen könnten Sie noch, daß sie ihr bestes tat, um das, was sie für sein edelmütiges Selbstverleugnen hielt, nachzuahmen, was die Häufigkeit weiter verringerte.

Der einzige Angriff, den er jemals ausführte, muß in jeder Hinsicht unwiderstehlich gewesen sein. Sie beschreiben ihn als physisch kräftig, und sein Trieb leitete ihn so leicht, wie er sie leiten konnte. Annas Gesprächigkeit verlangsamte sich an dieser Stelle fast bis zur Sprachlosigkeit, hörte aber nicht ganz auf. Mit einer frischen und freundlichen Alles-Tatsachen-Miene war es mir möglich, die (für sie) schwere Last aus Schande und Schuld niederzulegen, als sie gestand, was sie erlaubt hatte. Und als sie schließlich das herausgestammelt hatte, was nach ihrer überzeugten Meinung ihre Schmach und Verdammnis war, schloß das arme Geschöpf seine Augen und senkte den Kopf, stand da und erwartete, glaube ich, daß ich sie anspuckte und Gottes Blitzstrahl sie traf.

Nun, ich gab ihr in verständlichem Englisch, so mitfühlend ich konnte, eine so klar wie mögliche Darstellung von dem, was ich die Kinsey-Gabe nenne – das große Geschenk, das Indianas Unsterblicher zahllosen Millionen unnütz besorgter Menschen gegeben hatte – die einfache statistische Aussage, daß, gleich was wir tun . . . wir nicht allein sind. Und tatsächlich glaubte sie, wie viele andere uninformierte, nichtlesende, buchstäblich nicht denkende Menschen, daß das, was zwischen ihr und Ihrem Patienten geschehen war, einmalig und unaussprechbar wäre und dem Himmel wie ein Blutflecken auf einem weißen Tischtuch bemerkbar. Zu erfahren, daß das, was geschah, ziemlich verbreitet und in sich unwichtig ist, das war für sie eine Erleuchtung. Und ich zitierte sogar Havelock Ellis (ohne natürlich Havelock Ellis zu erwähnen) mit der Aussage, daß jede gegenseitige Handlung – *jede*, vorausgesetzt natürlich, daß sie nicht von einem dem anderen aufgezwungen wird und ein Ausdruck von Liebe ist, moralisch ist. Eine seltsame Szene, ich, die ich mit meinen glänzenden Stadtschuhen an einem hinterwäldlerischen Berghang stehe und mit einem Zugtier in einem sauberen, abgetragenen Kleid über Wege der Ekstase rede. Liebe Güte, es muß spät sein, wenn ich schläfrig werde, scheine ich immer effektvoll zu werden.

Die Häufigkeit dieser Akte, es wird Sie interessieren, das zu erfahren, war alle achtundzwanzig Tage, zu- oder abzüglich ein paar. Er konnte es mit seinen Sinnen wie ein Tier wahrnehmen und wahrscheinlich auf die gleiche Art. Wie viele andere Dinge in diesem außerordentlichen Manuskript war das im Öffnen verborgen. Sagte er nicht etwas darüber, daß er wußte, daß sie schwanger war, bevor sie es wußte, weil sie keinen Kalender führte, aber er?

Fügen wir das, Doktor-Feldwebel Outerbridge, den anderen Unterlagen über Irrsinn und den Mond bei?

Nun, das ist meine Geschichte ... und, Herr Feldwebel, da dies ein persönlicher Brief ist und nicht direkt ein Bericht, erlauben Sie mir eine persönliche Bemerkung. Ich will formal genug sein, um zuerst klarzustellen, daß meine Meinung als Meinung betrachtet werden muß ... ich bin kein Arzt. Ich bin eine ›Einsammlerin sozialer Daten‹, eine Krankenschwester und eine Frau.

Als solche also lassen Sie mich Sie beglückwünschen. Ich bewundere Sie aufrichtig und die Art, wie Sie diesen Fall behandelten, und ich hoffe, daß ich Sie eines Tages treffen werde und Ihre Hand schütteln kann.

Ich glaube, daß dieser George einer der tragischsten Geschöpfe ist, von denen ich je gehört habe. Ich zweifle nicht daran, daß er in einer gelehrten Studie oder sogar einem Buch auftauchen wird. Ich würde gern genauso sicher wissen, daß er als freier gesunder Mann auftauchen wird, vielleicht in seinem eigenen Kornfeld mit seiner Anna. Ich weiß natürlich nicht, wie Sie planen, ihn zu behandeln, aber irgendwie bezweifle ich nicht, *daß* Sie ihn behandeln werden. Wenn es irgendetwas geben sollte, womit ich helfen könnte, bitte geben Sie mir Bescheid. Bitte. Es wäre mir eine Ehre, mit Ihnen zu arbeiten, und ein Triumph, Erfolg zu haben.

Bitte lassen Sie mich Ihnen etwas unterbreiten (vielleicht etwas zu Einfaches, vielleicht, wegen einiger Faktoren, die ich unmöglich wissen konnte, etwas doch zu Unsinniges, vielleicht etwas, woran Sie selbst schon gedacht haben, es dann aber doch wieder fallengelassen haben): alle drei der Qualifikationen, die ich oben erwähnte – die ›Einsammlerin sozialer Daten‹, die Krankenschwester, die Frau – sprechen sofort in mir, wenn ich vorschlage, daß George überhaupt kein sexueller Psychopath ist und von ihm deshalb nicht erwartet werden kann, daß er auf alle möglichen bekannten Behandlungen auf diesem Gebiet anspricht. Sie selbst haben als eine Art Versuchshypothese angegeben, daß er gefühlsmäßig auf den niedrigsten Stufen der Kindheit stehengeblieben ist, und daß das wahrhaft Groteske bei diesem Fall in der ungewöhnlichen Tatsache liegt, daß er in allen anderen Entwicklungsbereichen vollständig entwickelt ist. Ich denke, das war außergewöhnlich scharfsinnig von Ihnen. Ich bin mir wohl bewußt, daß die moderne Psychiatrie immer frühere Anzeichen sexueller Aktivität und sexueller Differenzierungen erkennt. Es gab in Viktorianischer Zeit eine vielfach akzeptierte Überzeugung, daß alle Kinder bis zum zehnten Lebensjahr, sofern nicht von der Umgebung verdorben, »unschuldig« wären, ein Synonym für sexlose Engel. Doch scheint es mir, als ob diese Differenzierung einen Anfangspunkt haben müßte, und das ist nicht die Geburt. Es kann sein, daß sexuelles Bewußtsein einer gewissen Art weiter als zu diesem Differenzierungspunkt zurückgeht, aber ich glaube, daß auch das nicht so weit bis zur Geburt zurückgeht. Wenn dem so ist, dann gibt es eine Periode im Kleinkindalter, in der das Kind, emotional gesehen, weder männlich noch weiblich noch sexuelle Gesamtheit ist, sondern einfach ein menschliches Kind (mit all den fordernden, gefühllosen, »ungesunden« Forderungen, die Sie beschrieben). Ich weiß nicht, ob schon irgendjemand daran gedacht hat, aber kann man vernünftigerweise annehmen, daß ein weibliches Baby die Brust um ein bißchen weniger gern verlangt, weil es ein Mädchen ist? ... Ich weiß, ich bin wahnsinnig intuitiv und ›weiblich‹, wenn ich das aufbringe, aber ich kann es mir nicht aus dem Kopf schlagen, daß Sie Georges emotionales Quantum in dieser Ecke kauern sehen werden.

Oberst Williams machte einen Scherz in einer seiner »PRIV.«-Schreiben an Sie, und es war sehr amüsant, er bezog sich auf Georges Zeichnungen als birnenförmige Tiere, und seine scherzhafte Auslegung war, daß es Brustsymbole wären. Nachdem ich gelacht hatte, begann ich darüber nachzudenken, und ich erinnerte mich daran, daß George auch eine Frau und einen Mann mit denselben Umrissen gezeichnet hatte. Und ich erinnerte mich auch daran, daß George die Brüste der Frau mit einer einzigen sorglosen Zickzacklinie gezeichnet hatte (das heißt: nicht unbedingt wichtig), aber zur gleichen Zeit wieder darauf zurückkam und die Brustwarzen mit großer Sorgfalt zeichnete. Er malte auch Nabel, als ob er jede gerundete Form als unvollkommen betrachtete, die nicht eine Abschlußöffnung irgendeiner Art hatte.

So kam es mir in den Sinn, daß seine ach-so-witzigen kleinen Skizzen vielleicht das Leben darstellen, wie er das Leben sieht – lebende Wesen, von denen sein infantiles emotionales Bewußtsein wünscht, daß sie so wären, und glaubt, daß sie so seien. Kaninchen und Eichhörnchen und kleine Jungs und alte Wächter – jedes davon ist eine Brust, voll von warmer, ermutigender Flüssigkeit. Der ganze Organismus ist eine Brust, und er fühlt das mit solcher Hingebung, daß er sogar die wahren Brüste mit einem Zickzack abtut, (obwohl er die Brustwarzen nicht übersehen kann), und mit Vorliebe den ganzen weiblichen Körper zum Brustobjekt macht, das außer der Tatsache und abgesehen von der Tatsache und vollkommen die Tatsache unberücksichtigend, daß er weiblich ist!

Diese Hypothese führt einen dann zu dem überraschenden Ergebnis, daß er in seinem (perfektes Wort!) *periodischen*, aggressiven erotischen Akt mit Anna sexlos eine asexuelle Funktion mit dem Organ oder dem Objekt ausführte, dessen Sex so unwichtig war wie das Geschlecht einer Flasche.

(Ich überlege, ob ich mit Anna so überzeugend von »Akten der Liebe« hätte sprechen können, wenn ich das zu der Zeit schon zu Ende gedacht hätte!)

Und im Bereich des Symbolismus liegt auch etwas, was ich aus Georges überraschendem Spruch schloß, darüber, wie man den Cowboyheld vom Cowboyschurken unterscheiden könnte (und dieser erstaunlich scharfsinnige junge Mann hat recht!!), Helden werden in den Brustkorb geschossen (Brust?), Schurken werden in den Bauch geschossen. Frage: ist es mehr als ein Zufall, daß sein Vater und der Wächter, den er mit dem Vater identifizierte, am Brustkorb verwundet wurden, während der Junge, den er mit dem Fötus identifizierte, der ihn bei Anna aus dem Rennen geworfen hatte, eine Messerwunde durch den Nabel erhielt?

Du liebe Zeit, schaun Sie, was ich gemacht habe; ich wollte Ihnen nur die Neuigkeiten übermitteln und Ihnen gratulieren und zu Bett gehen, das Fenster wird rosa an den Rändern, der Nebel ist verschwunden, und mein Flugzeug geht in einer Stunde. Herr Doktor Feldwebel Outerbridge, Sir Philip – wie Sie auch genannt werden: vielen Dank, es war mir ein Vergnügen, mit Ihnen zu sprechen.

Herzlichst
Lucy Quigley

Ein Brief...

Sir Philip's Bughouse
Praecox, Cal. *

PRIV.
8. Mai

Lieber Al,
als Anlage die Anlage, eine monumentale Botschaft Deiner Lucy Quigley, die, wie Du schon in der einen oder anderen Art andeutetest, ein Prachtexemplar ist. Wie sieht sie denn aus?
Ich schicke es, weil ich mir denke, daß es Dich erfreuen wird, obwohl es Reportage-Information enthält, von der ich weiß, daß Du sie schon aus ihrem offiziellen Bericht kennst und deswegen nicht brauchst, und einige voreilige Komplimente an meine Adresse, von denen Du denken wirst, daß ich sie besser für mich behalten hätte.
Und in vollem Ernst möchte ich, daß Du über ihre Hypothese über die nichtsexuelle, oder sollte ich sagen, vorsexuelle Natur von Georges Störungen nachdenkst. Ich bin in einer weder-zustimmen-noch-ablehnen-Stimmung im Moment, aber sie reizt mich, und ich würde gerne Echo spielen, wenn es aus Dir herausplatzt.
Es wird Dich beglücken zu erfahren, daß ich Deine Befehle von vor etwa fünf Monaten befolgt habe und etwas Schlaf im Wert von ungefähr vierzehn aufeinanderfolgenden Arbeitsstunden gehabt habe, und daß ich seitdem vierzig aufeinanderfolgende Stunden gearbeitet habe, um all die Arbeit, die der Schlaf und meine Beschäftigung mit George haben anwachsen lassen, abzubauen. So ist alles wieder normal. Ich habe George nur einmal in dieser Zeit gesehen – ich habe zufällig den Kopf eines Zwangsjackennachbars auf seinem Flur durchleuchtet – und alles, was ich tat, war zu plaudern. An einer Abwechslung wirst Du interessiert sein: ich sagte ihm, daß ich seinen Wunsch, seinen spezifischen Verkehr mit Anna und den Inhalt des Luftpostbriefs, der die Bombe

* Sir Philips Wanzenkolonie.
Frühreif, Kal.

hochgehen ließ, nicht zu diskutieren, respektieren würde; ich versicherte ihm weiter, daß er die Frage, die ich im Begriff war zu stellen, nicht zu beantworten brauchte. Ich fragte ihn dann, *warum* er über diese Dinge nicht reden wollte.
Nun, unser George saß auf dem Rand seiner Pritsche und kratzte sich den hübschen blonden Kopf und lächelte mich zuguterletzt zaghaft an und sagte: »Ich hätte es einfach nicht gern, wenn du denkst, ich wäre nicht ganz sauber.«
Was gibt's Neues bei Dir?

Phil

Palace of Pathology PRIV.
New Rosis, Ore.* 10. Mai

Lieber Phil,
habe Lucys Brief gelesen und schicke ihn hiermit zurück. Du hast ganz recht: sie ist schon ein Prachtexemplar. Oder war ich es, der das sagte? Schon recht, *ich habe* recht: sie ist schon ein Prachtexemplar. Was das ›wie sie aussieht‹ betrifft, kannst Du das selbst sehen. Sie kommt morgen hier an, und wir werden uns einen Hubschrapper greifen und zum Mittagessen zu Dir hinunterbrummen. In Ordnung?
Was die Meinung zu ihrer Hypothese betrifft, wirst Du mich bitte entschuldigen, lieber Freund, aber ich habe keine, und wenn ich eine hätte, würde ich sie Dir nicht sagen. Bitte betrachte mich immer als eine Art Fluglinienschalterbeamten. Ich weiß, wie sie ankommen und abfliegen, und ich richte es ein für die Leute, daß sie mitfliegen können, aber frag mich nicht, wie diese neumodischen Sachen funktionieren. Also keine Meinung. Zur Anmerkung Nummer zwei, in der ich amtlich erkläre und sage, daß ich Dir keine Meinung mitteilen würde, wenn ich sie hätte, laß mich hier und jetzt konstatieren, daß ich denke, daß Du ein großer Mann bist.
Ein gescheiter Mann. Ein guter Mann in verschiedener Hinsicht. Aber von Zeit zu Zeit habe ich diese seltsamen Gefühle. Jedesmal, wenn ich Dir gegenüber Meinungen ausdrücke, stellt es sich in drei Monaten von da an gerechnet heraus, daß ich Dir befohlen habe, dies zu tun oder Dir erlaubt habe, das zu tun, und was noch schlimmer ist, Du kannst's beweisen.
Ich habe zwei Stück Neuigkeiten für Dich. Eins ist, daß ich Dir, wenn ich ankomme, eine kleine Schachtel überreichen werde

* Pathologiepalast. Neu Rose, Ore.

mit einer Art Karnevalsorden drin, wie Silberstreifen und ein Papier mit einer Botschaft, fürs Rahmen geeignet, wie eine Ernennung und einen Gutschein vom Zahlmeister, rückwirkend ab Deinem fünfundzwanzigsten Geburtstag. Du kannst, wenn Du dazu fähig bist, es mit Deinem eigenen Gewissen regeln, daß Du Dich unter falschen Farben George als Feldwebel lieb und teuer gemacht hast, während Du in Wirklichkeit während der ganzen Zeit ein Offizier gewesen bist.

Mein anderes Stück Neuigkeit hat etwas mit dem verstorbenen Major Manson zu tun, möge sein Schatten über Deine Schultern mitlesen, um diese meine von Herzen gemeinte Entschuldigung mitzubekommen. (Du erinnerst Dich daran, daß ich ihn schafsköpfig genannt und geschlossen hatte, er hätte eine »Psychose, unklassifiziert: gewalttätig« auf Georges Aktendeckel geknallt, nur weil George ihm eins auf die Nase gegeben hatte?) Nun, nach seinem ehrenvollen Ableben hat unsere tüchtige Armee seine persönliche Habe von offiziellem Gut getrennt und das erstere an seine Hinterbliebene, eine Tochter, geschickt. Sie ließ verständlicherweise einige Zeit vergehen, bis sie sich der Arbeit annahm, seine Sachen auszusortieren. Unter seinen Papieren war ein nicht abgeschickter Luftpostbrief. Ich lege ihn bei, und ich glaube, niemand braucht sich zu wundern, warum der Briefzensor so verblüfft war, daß er ihn dem Major brachte, noch warum der Major George zu sich kommen ließ.

Laß das Mittagessen sausen. Das ist ein Befehl. Du und Lucy und ich werden wie ein Heuschreckenschwarm einfallen.

'la vista,
Al.

Anlage: Ein nicht abgeschickter Luftpostbrief. Er trägt die Feldpostnummer des Soldaten, eine APO-Postadresse und das Kennzeichen einer Kampfeinheit. Er ist unterschrieben. Der Inhalt des Briefs, in toto, folgt.

Liebe Anna,
Ich vermisse Dich sehr.
Ich wünschte, ich hätte etwas von Deinem Blut.
Schließen Sie den Ordner. Sie haben alles gelesen.
Sie sitzen in einem Meer von Licht von Dr. Outerbridges Schreibtischlampe. Es ist spät geworden. Aber bleiben Sie noch ein bißchen sitzen; Sie werden von dem fiktiven Psychiater, der immerhin nur für Sie, den Leser, existiert, nicht aufgestört werden.

So legen Sie Ihre Hände auf die angenehme glatte Oberfläche des geschlossenen Aktendeckels und schließen Sie Ihre Augen und denken Sie ruhig nach.
Da dies Erfindung ist und sein muß, was würde Ihnen gefallen?
Dr. Outerbridge fand Lucy Quigley absolut charmant und in angemessener Zeit wurde sie Frau Dr. Outerbridge. Sie arbeiteten ausgezeichnet zusammen und erreichten Zusammengehörigkeit und Ruhm. Macht Sie das glücklich?
George wurde in eine Klinik für ehemalige Soldaten eingeliefert und seine gehemmte emotionale ›persona‹ wurde mit Narkosynthese, Reserpin und Elektroschock behandelt und einem verstehenden Psychiater unterstellt, und in drei Jahren und fünf Monaten wurde er als geheilt entlassen. Er heiratete Anna, erbte die Farm seiner Tante, und sie lebten ruhig nahe den Wäldern und nahe dem andern. Er hat es gelernt, Kinder zu lieben. In Ordnung?
Oder wenn Ihnen die Vorstellung von einem solchen George immer noch mißfällt, nun, es ist die einfachste Sache der Welt, die Therapie mißlingen zu lassen, und wir werden ihn für immer hinter Mauern verschwinden lassen. Oder er könnte in einem Gefängnisaufstand umkommen oder ausbrechen und von Polizeikugeln niedergestreckt werden. Möchten Sie, daß er in die Brust getroffen wird? Oder in den Bauch? Tatsächlich? Warum das? Was bedeutet er Ihnen schon?
Aber Sie legen besser den Ordner zurück und verschwinden. Falls Dr. Outerbridge plötzlich zurückkommt, müssen Sie zugeben, daß er real ist und dann all das. Und das würde doch nicht hingehen, nicht wahr?

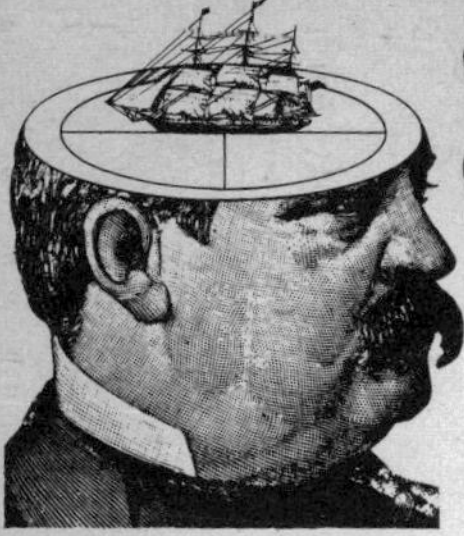

Jules Verne

Werke in 20 Bänden

Der Fischer Taschenbuch Verlag präsentiert seinen Lesern die erste Taschenbuchausgabe der Werke von Jules Verne. Junge Schriftsteller haben das Werk dieses Autors, das am Beginn der modernen Tatsachenliteratur steht, für den Leser unserer Zeit neu übersetzt und eingerichtet. Die Bände sind einzeln und komplett in Kassette lieferbar.

Reise zum Mittelpunkt der Erde

Fünf Wochen im Ballon

Die Kinder des Kapitäns Grant

Von der Erde zum Mond

Reise um den Mond

20 000 Meilen unter den Meeren

Reise um die Erde in 80 Tagen

Die geheimnisvolle Insel

Der Kurier des Zaren

Die 500 Millionen der Begum

Der Schuß am Kilimandscharo

Der Stahlelefant

Keraban der Starrkopf

Das Karpatenschloß/ Katastrophe im Atlantik

Meister Antifers wunderbare Abenteuer

Zwei Jahre Ferien

Die Jagd nach dem Meteor

Die Propellerinsel

Reise durch das Sonnensystem

Die Eissphinx

FISCHER
TASCHENBÜCHER

Stories und Romane aus der Welt von Morgen

Science Fiction Romane

Damon Knight
Zweibeiner sehen dich an
(FO 20)

Erich Kosch
Eis
(FO 18)

Keith Laumer
Zeitlabyrinth
(FO 4)

Fritz Leiber
Eine tolle Zeit
(FO 41) August
Die programmierten Musen
(FO 8)

R. Margroff / P. Anthony
Der Ring
(FO 23)

Michael Moorcock
Der schwarze Korridor
(FO 11)

Frederik Pohl
Tod den Unsterblichen
(FO 2)
Die Zeit der Katzenpfoten
(FO 13)

Robin Sanborn
Der große Stier
(FO 25)

Curt Siodmak
Das dritte Ohr
(FO 27)

Peter Tate
Das verplante Paradies
(FO 33)

Richard Wilson
Die Damen vom Planeten 5
(FO 28)

Walter Zanner
Reiche Ernte
(FO 24) September

FISCHER
TASCHENBÜCHER